U0926692

巴恩斯作品

生命的层级

[英国] 朱利安·巴恩斯 著
郭国良 译

译林出版社

图书在版编目（CIP）数据
生命的层级 /（英）朱利安·巴恩斯
（Julian Barnes）著；郭国良译.— 南京：译林出版
社，2019.8
（巴恩斯作品）
书名原文：Levels of Life
ISBN 978-7-5447-7797-1

I.①生… II.①朱… ②郭… III.①随笔–作品集
–英国–现代 IV.①I561.15

中国版本图书馆 CIP 数据核字（2019）第 111133 号

著作权合同登记号 图字：10-2018-237 号

生命的层级 ［英国］朱利安·巴恩斯 / 著 郭国良 / 译

责任编辑 李浩瑜
装帧设计 金 泉
责任校对 王 敏
责任印制 颜 亮

原文出版 Vintage, 2014
出版发行 译林出版社
地 址 南京市湖南路 1 号 A 楼
邮 箱 yilin@yilin.com
网 址 www.yilin.com
市场热线 025-86633278
排 版 南京展望文化发展有限公司
印 刷 恒美印务（广州）有限公司
开 本 880 毫米 ×1230 毫米 1/32
印 张 4.125
插 页 2
版 次 2019 年 8 月第 1 版 2019 年 8 月第 1 次印刷
书 号 ISBN 978-7-5447-7797-1
定 价 39.00 元

献给帕特

目　录

高度之罪

你把以前从未放在一起的两样东西放在一起。于是，世界随之一变。也许，当时人们没有注意到，但那没关系。世界总归是改变了。

皇家骑兵卫队的弗雷德·伯纳比上校是航空委员会的成员。1882 年 3 月 23 日，他从多佛煤气厂起飞，中途降落在迪耶普与讷沙泰勒之间。

四年前，莎拉·伯恩哈特从巴黎市中心起飞，在塞纳–马恩省的埃默兰维尔附近降落。

1863 年 10 月 18 日，菲利克斯·图尔纳雄从巴黎战神广场起飞。在被一股狂飙的东风吹了十七个小时后，他在汉诺威附近的一条铁道旁迫降。

弗雷德·伯纳比独自驾驶一只红黄相间、名为“日食”的热气球。气球的吊篮长五英尺，宽和高均为三英尺。伯纳比体重十七英石，他身着条纹外套，头上紧戴一顶防护帽。为了保护脖颈免受阳光直射，他用手帕做了一条遮阳巾。他带了两块牛肉三明治、一瓶阿波林利斯矿泉水、一支用来测量高度的气压计、一支温度计、一枚指南针和一些雪茄。

莎拉·伯恩哈特与她的艺术家情人乔治·克莱兰同乘一只名为“唐娜·索尔”的橙色热气球，该气球是以一部她担任主演的法国喜剧命名的。与他们同行的还有一位专业热气球驾驶员。晚上六点半，他们飞行了一个小时后，这位女演员开始扮演一位正在准备烹饪鹅肝片的母亲。飞行员开启一瓶香槟，顺手将软木塞猛地抛入空中；伯恩哈特则手端银质高脚杯一通畅饮。随后，他们又吃了些橙子，并把空瓶扔进了文森湖。在这突如其来的“高人一等”时刻，他们喜滋滋地将镇重物掷向下方的地面人：巴士底七月圆柱阳台上的一家子英国游客和一场正在享用乡村野餐的婚礼。

图尔纳雄与八位伙伴同乘一架航空器出游，他不无自夸地想象：“我要让这只热气球成为终极热气球！它要拥有异乎寻常的巨大体量，比现在最大的还要大二十倍。”他将它命名为“巨人”号。从 1863 年到 1867 年，它一共飞行了五次。在这第二次飞行中，乘客有图尔纳雄的妻子欧内斯廷、飞行员兄弟路易和儒勒·戈达尔，还有一位来自孟戈非家族的后裔，他的祖先最早发明了热气球。并没有报道他们到底携带了哪些食物。

这就是当时乘热气球的全部阵容：一位来自英国的热气球狂热业余爱好者，他很高兴被揶揄为“热气球狂人”，时刻准备登上任何即将升空的飞行器；一位那个时代最为著名的女演员，展开了一场名流飞行；还有一位专业热气球驾驶员，他开启了“巨人”号的商业冒险。二十万观众观看了这场升空首演，十三位乘客每人支付了一千法郎。外形如同两层柳条小屋的驾驶舱内有一间茶点室、几张床铺、一间盥洗室、一间摄影室，甚至还有一间用来制作即时纪念册的打印室。

戈达尔兄弟无处不在。他们设计并制造了“巨人”号，两次飞行过后又将其送到伦敦水晶宫展览。不久之后，第三位兄弟欧仁·戈达尔搞来了一只更大的热气球，它从克雷蒙花园做了两次升空飞行。它的容量是“巨人”号的两倍，秸秆炉和烟囱共重九百八十磅。在它的伦敦首航中，欧仁同意以五英镑的价格带上一名英国乘客——此人便是弗雷德·伯纳比。

这些热气球飞行员颇合国人的成见。气定神闲的伯纳比在英吉利海峡上空“不顾气球漏气”，点燃了一支雪茄助其思考。当两艘法国渔船向他发出降落和水中救援的信号时，他扔下一份《泰晤士报》来开导他们，也许在暗示——谢谢你，Mossoo[1]，一位老练的英国军官能够独立自如地应对一切。莎拉·伯恩哈特坦陈，她生性就喜欢热气球，因为“我梦幻的天性会时刻将我带向更高的地方”。在她短暂的飞行中，为了她的便利，一把寻常的草垫椅子也被带上了热气球。在向人们公布这场冒险经历时，伯恩哈特更是异想天开地选择从这把椅子的视角来讲述。

飞行员将从天际降落，寻找一块平整的降落地，拉拽阀绳，抛出抓钩，往往在锚爪稳稳钩住之前向空中反弹四十或五十英尺。随后，当地居民蜂拥而至。当弗雷德·伯纳比在蒙蒂尼城堡着陆后，一位好奇的村民将脑袋探入半瘪的气囊中，差点窒息过去。当地人自告奋勇地帮

---

1 19 世纪英国人称呼法国人的俚语，含贬义色彩。

助放气和折叠好气球；伯纳比发现这些贫穷的法国劳工比英国劳工要善良和礼貌得多。他支付给他们半镑金币，迂腐地按他离开多佛时的汇率计算。一个好客的农民——巴塞洛缪·德朗瑞先生——邀请驾驶员到他家过夜。不过，起先，端上了德朗瑞夫人做的晚餐：洋葱煎蛋、板栗蔬菜炒鸽、讷沙泰勒奶酪、苹果酒、一瓶波尔多葡萄酒和咖啡。随后，乡村医生来访，屠夫也捎来了一瓶香槟。伯纳比悠然地点燃一支雪茄，心中暗暗寻思："热气球降落在诺曼底当然比降落在埃塞克斯要好得多。"

在厄梅瑞维尔附近，那些追赶降落热气球的农夫们惊讶地发现，气球里面竟然有一个女人。伯恩哈特早已习惯了华丽登场：此前她有过比这更为堂皇的亮相吗？自不待言，她被认了出来。乡民们以独特的方式款待了她：给她讲述新近发生的一起骇人听闻的谋杀案，此凶案不偏不倚就发生在她所坐的位置（即那把她聆听和讲述的椅子上）。不久，开始下起雨来；这位以纤瘦著称的女演员打趣道，她瘦巴巴的，完全可以钻在两滴雨点之间不被淋湿。最后，在礼节性地分发了小费之后，热气球及其司乘人员被护送到了厄梅瑞维尔车站，以便及时赶上回巴黎的最后一班火车。

他们知道这很危险。弗雷德·伯纳比在起飞后不久差点儿撞上煤气厂的烟囱。“唐娜·索尔”号着陆前几乎坠入森林。当“巨人”号坠落在铁道旁时，老练的戈达尔兄弟在最后撞击前小心地跳出了气球。图尔纳雄摔断了一条腿，他的妻子颈部和胸部受伤。瓦斯气球有可能爆炸，而火气球也许会燃烧。每一次起降都险象环生。气球越大，并不意味着越安全：它只意味着——正如“巨人”号所证明的那样——更容易受到飓风的摆布。早期飞越英吉利海峡的飞行员们常常穿着软木浮力夹克，以防在水上降落。况且热气球上没有降落伞。1786 年 8 月——热气球的发轫期——一位年轻人从纽卡斯尔上空数百英尺的地方坠落身亡。他紧紧抓住热气球上的约束绳，其时，一阵飓风突然扭转了气囊，他的搭档们松了手，而他还抓着绳子，随着气囊冉冉上升。然后，他坠落在地。正如一位现代历史学家所言：“巨大的冲击力将他的双腿嵌入花坛，直至膝盖，震裂了他的内脏：它们崩裂而出，碎了一地。”

气球飞行员是新的冒险家，他们的冒险迅即被载入史册。一场热气球飞行将城镇与乡村、英国和法国、法国和德国联系了起来。气球降落引发人们纯然的兴奋：热气球绝不会带来任何祸害。在诺曼底巴塞洛缪·德朗瑞先生的炉边，乡村医生提议为普适的友谊干杯。伯纳比和他的新朋友们愉快碰杯。值此之际，身为英国人的他向他们宣扬君主制优于共和制。然而，大不列颠航空委员会主席却是阿盖尔公爵大人，三位副主席则分别是萨瑟兰公爵大人、达佛林伯爵阁下和下院议员理查德·格罗夫纳勋爵阁下。与此相对应的法国机构——由图尔纳雄创办的航空委员会——则较民主与睿智。其执掌者均为作家和艺术家，如：乔治·桑、大小仲马、奥芬巴赫。

气球飞行代表自由——一种受制于风力和天气的自由。飞行员常常弄不清楚他们到底是在运动还是静止的，在上升还是下降。在其发轫期，飞行员会撒出一把羽毛，如若羽毛上扬，这表明他们在下降，反之亦然。到了伯纳比时代，羽毛被替换成了撕成条状的报纸。至于测量水平的进步，伯纳比发明了自己的测速仪——一个连着五十码长丝线的小型纸质降落伞。他向外抛掷降落伞，同时计算放完丝线的时间。譬如七秒就代表热气球的时速为十二英里。

在飞行的头一个世纪，人们为了驾驭这一无法控制的气囊和吊篮做了诸多尝试。人们尝试过舵、桨、踏板、轮子、螺丝风机，但用处都不大。伯纳比认为，热气球的形状才是关键：气球形如管子或雪茄，由机械推进，这才是正道——最后也确证如此。不过，无论是英国人还是法国人，保守派还是激进分子，都一致认为航空飞行的未来在于重于空气的机械。并且，尽管他的名字总是与热气球联系在一起，图尔纳雄还创立了飞行器运动促进会，该会的首任会长就是儒勒·凡尔纳。另一位热心者，维克多·雨果说，一只热气球就像一朵美丽的浮云，而人类需要的却是傲视地心引力的鸟儿。在法国，飞行器通常被视为社会进步的标志。图尔纳雄曾写道，现代社会的三大无与伦比的象征是“摄影、电力和航空”。

开天辟地之时，鸟是会飞的，于是上帝创造了鸟儿；天使是会飞的，于是上帝又创造了天使。男人和女人有修长的双腿和空空的脊背，上帝把他们塑造成那样是有道理的。玩弄飞行就是玩弄上帝。事实将证明，这是一场漫长的斗争，充满了富有启发性的传奇。

以魔法师西门为例。伦敦国家美术馆有贝诺佐·戈佐利的一幅祭坛画，数百年来，祭坛的平台早已破碎四散。

画面的一部分描绘了圣彼得、西门和尼禄皇帝的故事。西门是一位深受皇帝宠爱的魔法师，为了不负皇帝的宠爱，他力图证明自己力压使徒彼得和保罗。这幅小型画作分三部分来叙述故事。画的背景中有一座木塔，西门在那儿演示他最新的把戏：人类飞行。垂直起飞和升空已经成功，这位古罗马飞行员正朝天空飞去，我们只能看到他绿色披风的下半部分，其余都被画作的上缘隐去了。然而，西门的秘密火箭燃料是非法的：他在身心两方面都依赖众魔鬼的支持。画作中间，圣彼得正在向上帝祈祷，乞求他解除魔鬼的力量。这种神学对航空的干预结果在画作前景得以确证：一位魔法师在紧急迫降后身亡，嘴里汩汩流出鲜血。高度之罪受到了惩罚。

伊卡洛斯曾招惹太阳神[1]：那同样是一个坏主意。

氢气球的首次升空是由物理学家 J. A. C. 查尔斯博士于 1783 年 12 月完成的。“当我感到自己是在逃离地球时，”他说道，“我的第一反应不是快乐，而是幸福。”那是

---

1 希腊神话中伊卡洛斯与父亲代达罗斯使用蜡和羽毛制作的翼逃离克里特岛。因伊卡洛斯飞得过高，双翼上的蜡遭太阳照射而熔化，跌落水中丧生。

“一种道义感”，他补充道。“恕我直言，我可听到自己还活着。”大部分飞行员都会有类似的感觉，甚至连极少喜形于色的弗雷德·伯纳比也不例外。在英吉利海峡高高的上空，他看到多佛和加莱的班轮上蒸汽缭绕，脑海中浮现出最近想建一条英吉利海峡隧道这一愚不可及的计划，然后深受触动，道义感油然而生：

> 空气轻盈，吸引着我们去呼吸。自由自在地呼吸，好像脱离了近地面大气那不纯净的负担。我兴致昂扬。在这一时刻，远离信件，远离邮局，远离电报，远离担忧。这是多么令人欣喜。

在“唐娜·索尔”号上，“神圣的莎拉”仿佛置身天堂。她发现，云端之上，“不是寂静，而是寂静之影”。她感觉热气球是“绝对自由的象征”——这也正是大部分地面上的人对这位女演员本人的观感。菲利克斯·图尔纳雄描述了“热情、仁慈的空间那浩瀚的寂静，在这空间中，任何人类力量或邪恶势力都是无法触及人的，而且他感觉自己在这里仿佛得到了新生”。在这寂静的道义空间中，驾驶员体验到了身心的健康。高度“将一切事物都按比例缩小了，简化成了真理”。忧愁、悔恨、厌恶，这些都成了陌路人：“冷漠、轻慢、遗忘纷纷远去……只有宽恕飘然而至。”

飞行员可以探访上帝的空间——无须使用魔法——并在那儿开疆辟土。就这样，他发现了尚未被人们理解的和平。高度事关道义，高度事关精神。高度，有人认为，甚至事关政治：维克多·雨果坚信，凌空飞行将导向民主。当“巨人”号在汉诺威附近坠落后，雨果提议向公众募款。可是图尔纳雄出于自尊断然拒绝，于是，诗人转而写了一封称颂气球飞行员的公开信。据他描述，他与天文学家弗朗索瓦·阿拉戈在巴黎天文台大道散步时，突然一只从战神广场升空的热气球掠过他们的头顶。雨果对他的同伴说：“你看，飘浮的蛋在等候鸟的降临。可鸟儿还在蛋内，即将破壳而出。”阿拉戈捧起雨果的手，热切地回应道：“到了那一天，地球就叫民主了！”雨果对这番“高论”深以为然，他说道：“‘地球将变成民主。’整个世界都将是一个民主共同体……人成了鸟儿——多么了不起的鸟儿！一只思想之鸟。一只有灵魂的雄鹰！”

这听上去夸夸其谈，过甚其辞。航空并没有导向民主，当然廉价航空公司除外。然而，航空洗刷了高度之罪，原本那是被称作一桩高于自身的罪行。如今，谁有权高高在上，俯视世界，值得大书特书？是时候给予菲利克斯·图尔纳雄更多关注了。

他生于1820年，卒于1910年。他又高又瘦，动作笨拙，一头浓密的红发，生性热情好动。波德莱尔说他“体现了惊人的生命力”；他充沛的精力和火焰般的头发本身似乎就足以将一只热气球送上天空。从没有人说他贤明达理。诗人热拉尔·德·内瓦尔把他介绍给杂志编辑阿方斯·卡尔时说“他讲话十分风趣，也非常愚蠢”。后来的一位编辑兼好友查尔斯·菲利波恩称他为“一个机智风趣却毫无条理的人……他的人生过去是，现在依然是，并且将来永远是条理不清的”。他是个放荡不羁的人，长期与寡妇母亲一起生活，直至结婚成家；身为丈夫，他既对婚姻不忠，又溺爱妻子。

他是一位记者、漫画家、摄影师、气球驾驶者、企业家兼发明家、热心的专利注册师和公司创始人，也是一名不知疲倦的自我宣传员，到了晚年成为一位多产的作家，写了众多并不可靠的回忆录。作为一名进步人士，他憎恨拿破仑三世，当这位皇帝前来观看“巨人”号升空时，他坐在马车上闷闷不乐。作为摄影师，他拒绝惠顾上流社会，宁愿为自己的活动圈子摄下一幅幅纪念照；自然地，他为莎拉·伯恩哈特拍摄过几次。他积极参加法国首个动物保护协会。他常常对警察发出粗鲁之声，对监狱颇有微词（他曾因欠债而入狱）：他觉得陪审团不该问“他是否有罪？”，而该问“他是个危险人物吗？”。他举办大型聚会，开门迎客，盛情待之；他腾出自己在卡普西那大道上的工作室，供1874年首届印象派画展所用。他计划发明一种新的火药，梦想搞出一款能说话的照片，他把它称为“有声银版照相”。可是他资金短缺，无可奈何。

他并不是因“图尔纳雄”这一强悍的里昂姓氏而著名。在他放荡不羁的青年时代，朋友们常常会重新取个昵称——例如，在原名后加上或替换后缀 -dar。所以他先成了“图尔纳达”，后来干脆就简称为“纳达尔”。他以纳达尔这个名字开始写作、画漫画和摄影；在1855年到1870年间，他以这个名字成为有史以来最好的肖像摄影师。1858年秋天，他把以前从未放在一起的两样东西放在一起时，用的就是这个名字。

与爵士乐一样，摄影是一门骤然兴起的当代艺术，它很快便在技术上日臻完善。一旦它突破了工作室的种种限制，便开始向外横向交叉扩展。1851 年，法国政府组建了日光胶版使团，该使团派遣五名摄影师奔赴全国各地，去记录构成国家遗产的建筑（以及遗址）。两年前，也是一位法国人最早拍摄了狮身人面像和金字塔。相较于水平物，纳达尔对垂直物、对高度与深度更感兴趣。他拍的肖像照胜过他同时代人拍的肖像照，因为它们更有深度。他说一小时内就能学会摄影理论，一天内就可学会摄影技巧，但是，光感、对坐着被拍摄者的心智的把握和“摄影的心理层面”——在我看来，这一术语并非过分矫饰——却是无法教授的。他与拍摄对象闲聊，使其放松，使用灯台、屏幕、面纱、镜子和反射物来塑造模特。诗人西奥多·德·班维尔称他为“一位捕猎的小说家和漫画家”。正是这位小说家拍摄了这些心理肖像照，是他断言最虚荣的模特莫过于演员，紧随其后的是士兵。同样也是这位小说家注意到了男女之间的一个重大区别：当一对一起拍了照的夫妇回来查验样片时，妻子总是会首先看她丈夫的肖像，丈夫也同样会先看自己的。纳达尔就此推断：人类如此自怜自爱，大多数人在最终窥见自己真实的面目时无不大失所望。

道德和心理深度，还有物理深度。纳达尔是第一位拍摄巴黎下水道的摄影师，他在那里拍了二十三张照片。他也潜入地下墓穴，那些像下水道一般埋有遗骨的洞穴，18世纪80年代清理公墓后尸骨堆叠在那儿。在这里，他需要长达十八分钟的曝光。这对于死人来说当然没有问题，但是为了模仿活人，纳达尔给橱窗模特穿好衣服，也让他们扮演角色——巡夜人、尸骨堆放工和拉着满满一货车颅骨和股骨的劳工。

而这一切留下了高度。纳达尔把以前从未放在一起的东西放在一起，而他所谓的三大现代社会象征中就有两样：摄影和航空。

首先，必须要在气球的吊篮里建一间暗房，装两层窗帘，分别是黑色和橙色；暗房里装一盏隐隐的小灯。新的湿版技术包括在玻璃板上涂抹一层胶棉，然后将它浸入硝酸银溶液，以促其感光。但这是个很麻烦的过程，需要娴熟的技巧，所以纳达尔还请了一位制版人。他的相机是刀梅牌的，配有特殊的水平快门，这是纳达尔的专利。1858年秋天一个几乎无风的日子，在巴黎西南部靠近小比塞特的地方，这两个人乘坐一只拴住的气球升空，摄下了世界上第一张航拍照。落地回到当地小客栈（他们的临时大本营）后，他们兴奋地冲洗底片。

然而，一无所见。或者，确切地说，底片上除了一片混沌的烟黑色，没有任何图像踪迹。他们又试了一次，却失败了；又再试了一次，仍然失败。他们怀疑冲洗液含有杂质，就一次又一次地加以过滤，但无济于事。他们换了所有的化学制剂，仍然于事无补。时间在流逝，冬天即将来临，这项伟大的实验仍然没有成功。然后，正如纳达尔在回忆录中所述，有一天他坐在一棵苹果树下（与牛顿的经历不谋而合，也许会让人难以置信），突然明白了问题所在。“之所以一再失败，是因为气球颈部在升空时是一直无遮无拦的，使得氢硫气流进了我的冲洗银液中。”于是，在下一次，一旦达到了足够的高度，他就关闭了气阀——这本身是个危险之举，可能导致热气球爆炸。制好的版曝光了，回到小客栈，纳达尔终于如愿以偿，获得了一张图像，影像虽然模糊却仍可辨认出被拴住的气球下面有三栋建筑物：农场、小客栈和宪兵司令部。农场屋顶上的两只白鸽依稀可见，小巷里停着一辆轻型二轮马车，车上的人直纳闷：这空中飘浮的奇妙机械装置是个啥玩意儿呢？

这第一张照片以及此后十年中他所拍摄的其他照片都没有留存下来，也许只存在于纳达尔的记忆和我们随后的想象中了吧。他仅存的航拍实验照从1868年起才有。其中一张展现了通向凯旋门大街的八份多透镜视图。另一张则眺望从布洛涅森林街（现福煦街）到莱斯泰尔内和蒙马特的景象。

1858年10月23日，纳达尔如期为“新航拍系统”申领到了第38509号专利。但是这项技术开发过程却十分困难，商业上也无利可图。公众反响寥寥，这也令人心灰意懒。他自己为这个“新系统”设想了两大实际用途。第一，它可以改变土地测量：通过使用气球，飞一趟就能测量一百万平方米或一百公顷的土地；一天内可以做十次这样的观测。第二，用于军事侦察：一只气球就像是“移动的教堂尖塔”。这个主意本身并不新颖：早在1794年，革命军已在弗勒吕斯战役中使用过这种方法，当时拿破仑率领远征军向埃及进发，就有一支空军部队配备了四只气球（在阿布基尔湾被纳尔逊击毁）。然而，摄影功能的增加显然可以给半吊子将军助一臂之力。可是，应该由谁来首先开发这种可能性呢？只有那位让人憎厌的拿破仑三世，1859 年他赠予纳达尔五万法郎，以褒奖他在即将爆发的与奥地利的战争中为国效劳。这位摄影师婉言拒绝了。至于他的专利在和平时期的利用，纳达尔的“诤友劳德赛特上校”信誓旦旦地对他说，作空中土地测量是“不可能的”(具体理由并未声明)。内心沮丧、骚动不安的纳达尔放弃航拍，开始了新的工作。他把航拍这个领域留给了蒂桑迪尔兄弟，留给了雅克·杜肯，留给了他自己的儿子保罗·纳达尔。

他开始了新生活。普鲁士占领巴黎期间，他创立了军事航空协会，以构建与外界的通讯联系。纳达尔从蒙马特圣皮耶尔广场派出“攻城气球”——一只叫“维克多·雨果”，另一只叫“乔治·桑”——气球载着信件、致法国政府的报告和数位无畏的驾驶员。1870 年 9 月 23 日，气球首航，并安全地降落在诺曼底，气袋里装着一封纳达尔给伦敦《泰晤士报》的信函，五天之后，该报将此信以法语全文刊行。这一气球邮政服务在普鲁士占领期间持续始终，不过若干气球被普鲁士人击落下来，且气球飞行完全取决于风向。有一只气球甚至飘到了挪威峡湾。

这位摄影师一直赫赫有名：维克多·雨果曾在信封上只写下“纳达尔”三字，但此信还是送到了他手上。1862年，他的朋友杜米埃将他画入一幅名为《纳达尔把摄影提升到了艺术的水准》的石版画里，画中的他坐在巴黎上空的一只热气球吊篮里，蜷伏在相机上，这个城市的每家每户都贴满了摄影广告。倘若艺术往往对摄影这一猴急的新贵媒介既提防又疑惧，那么它对航空则致以恬适的敬意。瓜尔迪笔下，一只热气球在威尼斯上空悠悠盘旋；马奈描绘了“巨人”号（载着纳达尔）从荣军院最后一次升空的景象。在戈雅与卢梭等画家的画作中，一只只热气球在宁静的空中宁静地飘荡：这是田园风光的空中翻版。

然而，画出最引人入胜的单幅热气球图像的艺术家当推奥蒂隆·雷东，而他却不以为然。雷东目睹了“巨人”号的飞行，也看过1867年和1878年巴黎展上星光灼灼的亨利·吉法尔的“大系留气球”。1878年，他创作了一幅名为《眼气球》的碳笔素描。乍一望去，它似乎只是一幅诙谐的合成图像：眼球和气球合而为一，仿佛一个大球体在灰蒙蒙的景象上空盘旋。眼气球的眼皮睁开，于是睫毛就成了篷盖顶部的边缘。气球下方的吊篮里蹲伏着一个近乎半圆的物体：人头的上半部分。但这幅画的基调既新颖又阴郁。气球飞行有其确定的寓意：自由自在，超凡脱俗，人类进步。雷东画中那永远睁开的眼睛极度令人不安。苍天之眼；上帝的监控摄像头。那个愚笨的人脑促使我们得出如下结论：空间的殖民化并不能纯净殖民者的心灵；充其量不过是我们把自己的滔滔罪恶带到了一个新地方。

航空学和摄影都是科技进步，具有重大的切实影响。但是，在早期，它们的周围笼罩着一股神秘和魔幻的气氛。那些在气球拖曳锚后面追跑的暴眼乡巴佬们，也许曾期待西蒙·玛吉斯能从天而降，就像女神莎拉·伯恩哈特一样。摄影似乎也不仅仅威胁到了一个模特的自尊心。不仅仅只有居住在森林里的人害怕相机可能会窃走他们的灵魂。纳达尔忆起，巴尔扎克有一个关于自我的理论，根据这一理论，一个人的本质由一系列近乎无限的幽灵层级组成，且层层重叠。这位小说家进而认为，在“达盖尔操作”期间，其中的一层被魔法工具剥离和保留。纳达尔无法记得这一层是否可能已永远遗失，或是否还有再生的可能，不过他贸然暗示，鉴于巴尔扎克身材肥胖，他可以不像多数人那样害怕自己的幽灵层级被去除。但是，这一理论——或者说疑惧——并非巴尔扎克所独有。他的作家朋友戈蒂埃和内瓦尔也持有此论，这三个人组成了纳达尔所说的“神秘哲学三人小组”。

菲利克斯·图尔纳雄是个怕老婆的男人。1854 年 9 月他娶了欧内斯廷。这场突如其来的婚礼令他的亲朋好友大感吃惊：年方十八的新娘出身于一个诺曼底资产阶级新教家庭。诚然，她有丰厚的嫁妆，而且，婚姻也是菲利克斯逃离与母亲一起生活的有效途径。然而，尽管他常入歧途，但夫妻俩的情意似乎既深厚，又绵长。图尔纳雄与自己唯一的兄弟和独生子发生了争执，据记载——或者说据这两人自述——他们离开了图尔纳雄的生活。欧内斯廷则一直陪伴着他。如果他的人生有某种模式，那正是欧内斯廷所赋予的。“巨人”号在汉诺威附近坠落时，她就在他的身边。她出资帮他支付工作室的费用；后来，这一工作室转入她的名下。

1887 年，欧内斯廷听闻法国歌剧院起火，以为自己的儿子保罗就在那里，便不幸中风。菲利克斯立刻把家从巴黎搬到塞纳森林，他在那里拥有一处名叫兰赫美特的房产，他们在那里度过了此后八年的时光。1893 年，爱德蒙·德·龚古尔在他的《日记》中这样描述这一家人：

> ……居于中间的是纳达尔夫人，她身患失语症，看上去像个白发苍苍的老教授。她躺在那儿，身穿一件粉色丝绸边的天蓝色晨衣。在她身旁，纳达尔充当体贴入微的护士角色，为她掖了掖色彩明艳的晨衣的衣角，捋了捋两鬓的头发，一直在抚摸着她。

她的晨衣呈天蓝色，那片他们不再翱翔的天空的颜色。此时他们两人都不再飞行。1909 年，结婚五十五年后，欧内斯廷去世了。同年，路易斯·布莱里欧飞越英吉利海峡，这是他对纳达尔凌空飞行信念的最终支持。这位气球驾驶者向飞行员发了一份贺电。布莱里欧直上云霄，而欧内斯廷埋入地下。布莱里欧在空中翱翔，而纳达尔失去了方向舵。他并没有比欧内斯廷多活很久。1910 年 3 月，他在爱猫与爱犬的簇拥中去世。

其时，很少有人还记得他在 1858 年秋天的小比塞特取得的成就。现存的航拍照片的质量也只是还过得去：我们必须自己想象照片中蕴含的激动。但它们代表了世界在成长过程中的一个瞬间。也许那太耸人听闻，太乐观开豁。

也许，这世界并不是靠逐渐成熟而发展的，而是靠永远处于青春期，永远处在兴奋的发现中。尽管如此，这是认知变化中的瞬息。残留在洞壁上的人类轮廓，第一面镜子，人像摄影的发展，摄影学——这种种进步使我们能够更好地看清自己，更加接近真相。即使这世界在当时不甚知晓发生在小比塞特的事件，改变就改变了，是无法取消改变、恢复原状的。故而，高度之罪得以净化。

曾经，农民抬头仰望天空——上帝的居所——他们惧怕天雷、冰雹和上帝的怒火，期待阳光、彩虹以及上帝的恩准。如今，现代农民抬头仰望天空，然而，进入他们眼帘的是弗雷德·伯纳比上校不那么令人生畏的驾临，他一边口袋里放着雪茄，另一边放着半镑金币，同时驾临的还有莎拉·伯恩哈特与她自传中的椅子，还有菲利克斯·图尔纳雄坐在他的空中藤屋中，藤屋内小吃部、盥洗室和摄影部一应俱全。

纳达尔仅存的航拍照起始于1868年。恰好一个世纪之后，1968年12月，阿波罗8号升空飞向月球。平安夜，飞船飞过月球的背面，进入月球轨道。宇航员们是最早见到一个需要新词才能描述的现象的人类："地出"。登月舱的驾驶员威廉·安德斯用一架特制哈苏照相机，拍摄下了三分之二满的地球升上夜空的画面。他的照片显示，地球的颜色饱满美丽，被柔软的云层包围，还有打着转的风暴系统，浩瀚的蓝色海洋以及铁锈色的大陆。安德斯少将后来回忆道：

> 我认为地出是真正触及每个人内心深处的画面……我们在回望自己的星球，这个我们进化生长的地方。与凹凸不平、破破烂烂甚至枯燥无味的月球表面相比，我们的地球五彩缤纷，美丽而精致。我觉得每个人都感同身受：我们飞了二十四万英里的距离来看月球，却发现地球才真正值得观赏。

当时，安德斯的照片既令人不安又美丽无比，到今天依然如此。从远处看我们自身，将主体突然变成客体：这给我们带来精神上的冲击。然而，是火红头发的菲利克斯·图尔纳雄——哪怕只是从几百米的高度，哪怕只用黑白两色，哪怕只用几幅巴黎当地风景照——首先把两样东西放在了一起。

水 平 面 上

你把两样以前从未放在一起的东西放在一起；有时行得通，有时却行不通。作为首个乘坐热气球飞行的人，彼拉特尔·德·罗齐埃也曾想成为首个飞越英吉利海峡的人。为此，他制造了一种新型航空器，顶部是一个氢气球，用以提供更大的浮力；下方则是一个热气球，用以更好地控制飞行。他将这两样东西合在了一起。1785 年 6 月 15 日这一天，微风宜人，他从加莱海峡出发，开启了他的飞行之旅。这一壮观的新装置骤然升空，但还未抵达海岸线，氢气球的顶端就着起了火。当时的一位目击者看着这架充满希望的航空器犹如一盏空中的煤油灯般坠毁，飞行员和副驾驶当场丧命。

你把两个以前从未放在一起的人放在一起；有时世界为之一变，有时则一切如常。他们也许会先坠毁后燃烧；抑或先燃烧后坠毁。但有时，某些新的东西会应运而生，世界随之改变。他们第一次一起攀升，第一次一起腾空翱翔，感到前所未有的兴奋。两人在一起远比独自一人美妙得多；他们在一起，看得更远，看得更清晰。

当然啦，爱情中并非所有的恋人都般配；也许现实中难得如此。换句话说：1870—1871年间，被围困的巴黎人该如何收到回信呢？你可以在圣皮埃尔广场放飞一只气球，假设它能降落在你想让它降落的地方，但你很难指望风将它吹回蒙马特吧，不管那风有多么爱国。为此，人们想尽了各种方法：譬如，将回信放于金属大球内，任其顺流而下漂往蒙马特，然后由当地人用网捞起。然而，人们更多的还是想到用飞鸽传书，一位巴黎巴蒂诺尔的养鸽者就把他的鸽舍交给了当局处置：每个气球都载着一篮子信鸽飞走，而后信鸽又带着信件飞回来。但是，倘若你比较一下一只气球和一只信鸽能够携带信件的多寡，就可以预见结果是多么的令人失望。据纳达尔所说，最终是由一位在制糖厂工作的工程师想出来了解决之道。寄往巴黎的信件必须字迹清晰，单面书写，并且将收信人的地址写在信的顶端。在信件收集站，成百上千的信件并排放置在一个大屏幕上进行拍照。照片经过缩放处理后由信鸽带往巴黎，到达巴黎后再放大成可阅读的尺寸。复原后的信件被塞进信封，而后投递到收件人手中。这么做可比收不到信函强多了，也可谓是技术上的胜利了。然而，假设有一对情侣，分居巴黎内外，其中一方可以在信纸的两面都写满悠悠私语，将最柔情的甜言蜜语藏于信封之中；而另一方则受限于信的篇幅，且知晓信中的内容将昭然于摄影师和邮递员面前，因此只能寥寥数语带过。不过话说回来——有时候，这不正是爱的情愫、爱的真谛吗?

莎拉·伯恩哈特的一生都先后由纳达尔父子所拍摄。她事业的第一个阶段是二十岁左右的时候，而那时的菲利克斯·图尔纳雄正身陷于另一番喧嚣嘈杂之中，说白了那就是他的事业：建造“巨人”号。那时的莎拉还不是众人眼中的女神——她不过是一名满心抱负的无名女子；但她的一幅幅肖像照已显露出她的明星相。照片中的她或披着一袭天鹅绒斗篷，或裹着一方披巾，简单摆几个动作。她露出香肩，佩戴一副小巧的浮雕宝石耳环，此外，再无其他珠宝点缀；她的头发也未经任何打理。她整个人儿也是如此：在那斗篷和披巾之下，她显然穿戴无几。她的表情内敛克制，却显得越发摄人心魄。毋庸置疑，莎拉真的美艳绝伦，也许以今天的审美眼光来看会比当时更甚。她仿佛是真实、戏剧化和神秘性的化身——这些抽象的概念在她身上完美地融合。纳达尔还曾拍摄过一张裸照，有些人说这张裸照中的主人公就是莎拉。照片中的女子半裸至腰间，掩面的扇子后悄悄露出一只眼睛。不过，无论如何，莎拉披着斗篷和裹着披巾的肖像照显然更为香艳。

莎拉身高不足五英尺，显然达不到一个女演员该有的身材标准；而且，她的面容太过苍白瘦削。无论在生活中还是艺术上，莎拉都显得感情用事，自然随性。她从不遵循戏剧成规，常常在舞台上大抢风头，侃侃独白。她与所有和她合作过的男主角上床。她酷爱声名，喜欢自我宣扬——或者，如亨利·詹姆斯戏言，她是“一个天生适合活跃在聚光灯下的人”。一位批评家把莎拉相继和一位俄国公主、一位拜占庭女皇和一位马斯喀特[1]贵妇相比较，最后断言：“总之，她将斯拉夫人的特征展现得淋漓尽致，我从未见过比她更像斯拉夫人的斯拉夫人。”莎拉二十岁出头的时候诞下一名私生子，可是她毫不在意世人的指指点点，走到哪儿都把这个孩子带在身边。她是一个犹太人，却身处大部分人都排斥犹太人的法国，当她在信奉天主教的蒙特利尔时，人们甚至拿石头砸她的马车。可她一如既往地坚强勇敢。

这样的她自然树敌众多。她的成功、她不检点的性生活、她的种族血缘以及她的放荡不羁，都被清教徒们用以解释过去为何戏子们要被埋葬于不圣洁的土地中。而且，

1 阿曼首都。

随着数十年光阴的流逝，她那一度新颖的表演风格，也不免显得有些过时，因为舞台上的自然表演就像小说中的自然主义手法一样，不过是一种手段罢了。就算这一技巧对某些人还管用——如埃伦·泰莉就称赞莎拉“像杜鹃花般通透清澈”，将她的舞台表演比作“纸张燃烧时的袅袅烟雾”——其他人可不买账。如屠格涅夫，虽然他本人就是一个崇拜法国的戏剧作家，却认为莎拉“虚伪、冷酷、造作”，谴责她那“令人厌恶的巴黎式时髦”。

人们常常将弗雷德·伯纳比形容为一个放荡不羁的人。他指定的传记作者曾这样描述他，说他“超然离群，对传统习俗不屑一顾”。而且，他对伯恩哈特仅仅擅用那种异国情调了如指掌。旅行者也许会从远方带着各色各样的见闻回到巴黎；剧作家则会从这些见闻中挖掘主题和要旨；而设计师和服装供应商则将围绕她的幻象完美化。伯纳比曾经就是那类旅行者：他深入俄国，穿过小亚细亚和中东，直达尼罗河畔。他也曾穿过法绍达，那儿不论男女都赤身裸体示人，头发染得金黄。而围绕弗雷德本人发生的故事则往往少不了切尔克斯姑娘、吉卜赛舞女和美貌的吉尔吉斯寡妇。

伯纳比自称是爱德华一世（绰号“长腿国王”）的后

裔，而且展现出勇敢和求实的美德，英格兰人认为这两大美德是他们所特有的。但是，伯纳比身上有某种令人不安的特质。据传，他的父亲“像是公园里悲鸣的猫头鹰般忧郁”，而弗雷德虽精力充沛，性格外向，实则也继承了他父亲的这一特点。他身材魁梧，却体弱多病，饱受肝脏和胃部疼痛的折磨；还曾因“胃黏膜炎症”发作而前往异国温泉疗养。虽然他“在伦敦和巴黎都很受欢迎”，而且还是威尔士王子圈中的一员，可按照《国家人物传记辞典》的描述，他实则“孑然一身”。

传统有时能接受某些非传统，且往往会被这些非传统所迷惑；但伯纳比似乎已经超越了那一界限。他的一位挚友就将其称为“这世上最邋遢的无赖”，坐姿“像马背上的一袋玉米似的”。他被认为长相奇异，拥有“东方人的面容”，又挂着恶魔般的微笑。《国家人物传记辞典》将他这种长相形容为“犹太人和意大利人的混合”，并指出他这“非英式”的相貌“使他特别抗拒拍肖像照”。

我们生活在平地上，生活在平面上[1]，然而——也因

1 原文 on the level 也有正直、公正、不耍花招之意。

此——我们有所渴求。虽匍匐在地，有时却也能振翅高飞——有人凭借艺术，有人凭借宗教，而大多数人则是凭借爱。但在振翅翱翔的同时也可能会坠落，且鲜少有人能够软着陆。我们也许会以能够摔断腿的冲击力坠落在地，被拖向陌生的铁轨。每个爱情故事都是一出潜在的悲剧，即便开头完满，之后也会走向悲情。即便一方感到幸福，另一方也会觉得痛苦。有时则双方都备受煎熬。

那么，我们为何孜孜地渴望爱情呢？因为爱情是真实和魔幻的交汇点。真实，如摄影般真实；魔幻，如乘坐热气球般魔幻。

虽然面对事实，伯纳比总是沉默寡言，而伯恩哈特又任性随意，但我们仍能确定他们是在 19 世纪 70 年代中期相会于巴黎。作为威尔士王子的密友，伯纳比想要接近女神莎拉并不是什么难事。他预先送去了鲜花，观看了莎拉在博尔尼耶《罗兰的女儿》中的表演，准备了满腹的溢美之词，而后前去拜访。他原以为在她的化妆室里会挤满一群恹恹的巴黎花花公子，但事实上却没有那么多，也许能够进入化妆室的人早已经过一番甄别。伯纳比显然是那儿个子最高的人，而她则是最娇小的。当她与伯纳比攀谈时，伯纳比不禁感叹，同在舞台上相比，她显得娇小多了。而她早已对这种反应习以为常。

“而且要瘦多了，”她补充道，“我甚至能从雨丝间穿过而不湿衣襟呢。”

弗雷德好像几乎要相信她的话了。她微微一笑，却没有丝毫嘲讽之意。这让弗雷德感到颇为自在。不过说实在的，在大多数场合，弗雷德都挺轻松自如的。首先，他是个英国人；其次，他精通七门语言。可是，任何一位惯于从西班牙向俄属土耳其斯坦发号施令的军官，都完全可以在这些奔放又友好的时髦男子中崭露头角，而在他看来，这些人不过是在斗嘴抬杠。

他们一同喝着香槟，毫无疑问，这香槟一定是莎拉的某位爱慕者所送。对于饮酒，弗雷德向来相当克制，所以他能够注意到一个个审慎的离场，直到忽然之间，除了他以外，化妆室内只剩下一位名叫格拉德的妇人伴在莎拉左右。

“呃，上尉——”

“哦，请别这样，夫人，叫我弗雷德就行。或者弗雷德里克。我一走进您的化妆室，就没了军衔。我……”他犹豫片刻，说道，“正如您可能会说的，我只是一个士兵而已。”

他感到——而非看到——她在打量他的着装：马厩夹克、骑兵套装、短靴和马刺；军便帽已经摘下，暂时放在墙边桌上。

“那么，您在这儿打什么仗呢？”她笑呵呵地问道。

他一时不知该如何作答。他想起了清一色男兵的战场，想起了一次又一次的围攻。男人们将女人们团团包围，直到她们缴械投降。但这一次他没感到高兴，他对比喻常常感到不太自在。最终，他回答道：

“夫人，前不久我刚从奥德萨[1]回来，因为我听说我父亲病了。回来最快的路线要穿过巴黎，但那时巴黎已被巴黎公社占领了。”说到这儿，他顿了顿，不知道这位女演员对此人持何看法。“我只带了旅行包和常用的马刀就回来了，因为部队警告我不许携带任何武器。但我的小腿比较长，所以我把马刀贴着腿藏在了裤管里。”

他又停顿了一下，这次停得特别久，足以让她以为这就是故事的结局。

---

1 乌克兰南部港口城市。

“于是我只能一瘸一拐地走路。没多久就被巴黎公社的一名军官给逮住了。他看我的腿很僵硬，自然就起了疑心。他指控我私藏武器。我当即承认自己的过错，但告诉他我是回乡去探望我生病的父亲，我只追求和平，别无他意。令我吃惊的是，他竟然放我走了，让我继续赶路。”

到此为止，故事好像真的已经结束，但莎拉似乎没有领会其意。

“那你父亲呢？他怎么样了？”

“噢，当我回到萨默比时，他已经好多了。多谢您的关心。这故事的旨意——呃，不妨重复我对那个逮捕我的人所说的话，在巴黎，我只追求和平。”

她看着他，看着这个身材高大、穿着制服、留着胡须并讲着法语的英国人，他尖细的嗓音从这庞大的身躯里发了出来，着实是有点不搭。由于她成日生活在尔虞我诈的淆乱之中，纯朴率直往往能够打动她。

“我很感动，弗雷德上尉。但是——该怎么说呢？我自己还没有准备好去过平静的生活。”

这下他尴尬了。她是不是误解了他的意思？

“您明天还会来吧？”莎拉·伯恩哈特问道。

“我明天一定再来。”弗雷德·伯纳比边答边用自己独创的方式向她告别：啪地来了个军队的自行解散，同时又像波西米亚人那样热切应诺回归。

莎拉扮演过的女性角色都热情奔放，浑身上下散发着异国风情，如同在歌剧中一般——确然如此。早在威尔第作曲的版本之前，她就塑造了小仲马书中的茶花女形象；此外，她还成功塑造了萨尔杜笔下的蝴蝶夫人形象，尽管现在为大家所知的只有普契的版本。她不需要音乐，就能演绎得如同歌剧一般。她的情人多到足以凑成一个家族，她养的宠物也多到足以开一个动物园。情人们之间似乎相处融洽，也许是因为同类的庞大数量使他们感到安心；又或许是因为莎拉本人十分擅长将他们由恋人变为朋友。她曾开玩笑说，假如她短命夭折，她的爱慕者们还会定期在她的家里集结。恐怕此非虚言！

她的“动物园”开张时甚是低调，那时她还是个小女孩，只养了两只山羊和一只乌鸫。后来，这些野生动物变得愈发狂野。在英格兰游历时，她买了一头猎豹、七只变色龙；在利物浦，她又买了一条狼狗。此外，她还有一只叫达尔文的猴子，叫埃尔纳尼二世的小狮子，以及叫卡西乌斯和贝尔摩德的狗。在新奥尔良，她买了一条短吻鳄，它最终却死于主人给它的法式配餐，诸如牛奶和香槟之类。她还有条蟒蛇，但因为它总吃沙发垫子，莎拉最终不得不亲自将它射杀。

对这样一个人，弗雷德·伯纳比并没有窘迫不安。

第二天晚上，伯纳比又观看了莎拉的演出，随后前往她的化妆室，这一次看到了很多同样的面孔。他没有忘记给予格拉德太太应有的礼貌：他以往去过众多国外宫廷，因此深知君王后面的人也大权在握。才过了一会儿工夫——比最乐观的人想象的还要快得多——莎拉便朝他走了过来，挽起他的臂弯，向等候她的爱慕者们道了声晚安。待他们三人离开时，竞相追求莎拉的巴黎花花公子们尽力掩饰自己的愠怒。当然，他们可能压根儿就没生气。

他们乘着她的马车来到她在福图尼街的住处。用人摆好桌子，香槟放在冰块上，透过一道半掩的房门，弗雷德瞥见里头一张巨大的藤编床的一角。格拉德太太引身告退。就算当时屋里还有仆人，弗雷德也没看见；就算周围有鹦鹉和小狮子，他也听不见它们的叫声。他的脑子里只有莎拉的声音在萦绕，嗓音清透，婉转动人，宛如发自这世间尚未发明的乐器。

他向莎拉讲述自己的旅行经历、一场场鏖战以及乘坐热气球的冒险之旅。他甚至道出了自己想要飞越北海的豪情壮志。

“为什么不想飞越英吉利海峡？”她问道，好像除了朝她飞去之外，他想飞向其他任何地方都是失礼的。

“飞越英吉利海峡也一直是我的梦想。但风向是个大问题，夫人。”

“叫我莎拉就好。”

“莎拉女士。”弗雷德一时迟钝，没能改口，继续说道，“事实上，无论您从英格兰南部的哪儿起飞，最终您都会降落在埃塞克斯。”

“这个埃塞克斯是哪儿？”

“您不需要知道埃塞克斯在哪儿。它一点儿没有异国情调。”

她犹豫地看着他。这是事实呢还是一个玩笑？

“南风、西南风都会把您吹向埃塞克斯。只有持续稳定的西风才能助您飞越北海。但若是想要到达法国，就非北风不可了，可这北风非常少见，又不稳定。”

“所以你不会乘着热气球来看我咯？”她挑逗道。

“莎拉女士，不管您在巴黎还是廷巴克图[1]，不管到那里的交通工具发明了没有，我都会来看您的。”话音刚落，弗雷德自己都被这突如其来的宣誓吓了一跳，连忙又吃了些冷盘山鸡，就好像这是件多么急迫的事似的。“不过我有个想法，”他更为冷静地说道，“我确信在不同的海拔，风向是不同的。所以，如果你遇到……逆风的话……”

“来自埃塞克斯的风？”

“说得没错——如果真遇上逆风，就需要减少镇重物，使热气球飞得更高，才有可能找到北风。”

“那如果事与愿违呢？”

“那就只能掉落在水中了。”

“可是你会游泳吗？”

“会的，不过游泳帮不上我什么忙。许多乘坐热气球的人都会穿上软木浮力夹克，以防坠落在海上。但这在我看来实在有违体育精神。一个男人应该有点儿冒险精神才对。”

莎拉对这番论调未予置评。

---

1 马里的一座古城，现名通布图。

第二天，一个问题久久缠绕在他心头，让他没法完全沉浸在这狂喜之中，那就是：这一切是不是有点儿太过简单了？当初在塞维利亚，他可是花了很长时间去向一位一本正经的安达卢西亚女郎学习追求女人时该怎样读懂她们的肢体语言：比如这手势、那掩饰、这轻拍到底都有何深意。掌握了之后，他在不止一个大陆上进行了实践，向女人们献殷勤，并从女人们的媚态中发掘出更多的魅力。但他从未遇到过像莎拉这样坦率直白的女人，她直接坦白自己的爱欲，不愿浪费一点儿时间。当然啦，他也明白没有什么是完全直截了当的。弗雷德·伯纳比还没天真到以为这场嬉戏取悦是源于自己的人格魅力的地步。他明白，莎拉女士和其他的女演员并没有什么不同，所以她在期待他的礼物呢。而由于莎拉女士是当时最为炙手可热的女演员，因此送给她的礼物也必须像她一样光彩照人才行。

过去，伯纳比能够娴熟地掌控调情挑逗的全过程：面对眼前穿制服的高个子，心情紧张的女人往往需要冷静下来。而现在，情况则恰恰相反，这使他既困惑又兴奋。对幽会地点没什么可犹豫的。只要他一问，她就欣然答应。有时他们在剧院见面，有时他就直接前往福图尼街上莎拉的家中。现在，他终于有时间好好打量这房子了——看起来半像豪宅，半像艺术家工作室。墙上覆盖着天鹅绒，鹦鹉栖靠在雕塑上，花瓶犹如岗亭般大小，家中植物或高耸或低垂，宛如身在邱园[1]一般。在这琳琅满目之间，也有他真心想要的简简单单的东西：晚餐和床，睡眠还有早餐。除去这些，一个男人几乎不会有更多的要求了。弗雷德仿佛能听见自己生龙活虎地活着。

莎拉向他讲述她的早年生活，她的奋斗挣扎，她的殷殷抱负，她的功成名就，以及成功所招致的角逐和嫉妒。

“人们在背后说我的坏话，弗雷德上尉。他们说我把猫烤熟，吃它们的皮毛。说我吃蜥蜴的尾巴、用猴子身上的油脂炒孔雀的脑子。他们说我用路易十四的假发裹着人的头骨，玩击球游戏。”

“我看不出那有什么好玩的。”弗雷德皱着眉头说道。

“唉，我的生活已讲得够多的了。再给我多讲讲你的热气球吧。”她说。

他沉吟片刻。先出王牌，他想。先声夺人，拿出杀手锏。

于是，他开口道：“去年，我和鲁西先生还有热气球

1 英国皇家植物园，位于伦敦西南部的泰晤士河南岸。

驾驶员科威尔一起从水晶宫[1]起飞，风向不断地在南风和西风之间来来回回地变换。我们已经飞到了云层之上，猜想当时很可能正在飞越泰晤士河的河口。太阳就在我们的正上方，而且，正如驾驶员所言，热得要命。于是我便脱下大衣，挂在锚钉上，并对他说，聊以自慰的是，飞在云层之上至少有一大好处，那就是——一位绅士可以只穿着衬衣公开亮相。”

说到这儿，他顿了一下，哈哈大笑起来，期待着她也开怀，如同以前在伦敦时一样。然而，她只报以微微一笑，笑中还带着一丝嘲讽。她的沉默令他警觉，于是他继续说了下去。

“但你看，那时，我们坐在那儿，几乎没风，所以我们感觉自己是停航了。我们向下看了看——好吧，其实我们中只有一人向下看了看，随后便提醒大家——看下面！想象一下那时的情景。下面是羊毛般的云朵成片地扩散，挡住了我们看向地面和河口的视线。紧接着，我们又看到

1 英国伦敦一个以钢铁为骨架、玻璃为主要建材的建筑。建成于 1851 年，最初位于伦敦市中心的海德公园内，是万国工业博览会场地。1854 年被迁到伦敦南部，在 1936 年的一场大火中付之一炬。

了一派盛景。那太阳”——他举起一只手比画了一下太阳的位置——“向云朵广阔的平面上投射出我们热气球清晰的影像。我们从倒影中看到了我们的气囊、绳子和吊篮，最奇异的是，还看到了我们三人脑袋的清晰轮廓。就好像我们正在看一幅巨大的三人相片，我们探险队的相片。”

“非凡绝伦。”

“没错。”弗雷德答道，但他知道他扭曲了自己的故事。莎拉的格外关注令他惊慌失措。他感到灰心丧气。

“我们俩都是如此。正如您所说，我在舞台上光彩照人。而您为人超凡脱俗。”

弗雷德感觉心中扑扑直颤。他本该受责难，却得到了褒扬。他和其他人一样喜欢被人恭维——但是，尽管如此，他觉得她只是说得率直而已。而这恰恰说明他们处在矛盾之中。按照日常生活标准衡量，他们各自都是异类，然而，当他们在一起时，他发现两人间并没有脚本，没有演戏，也没有装扮。即便他仅着便服，她也脱下了毛皮外套和一顶好像用死猫头鹰装饰的帽子，他不得不承认，虽然仍旧心存困惑，却已大半坠入了爱河。

“如果我真有机会乘坐热气球的话，”她说，脸上挂着一抹恍惚的浅笑，“我一定会想起您。我向您保证。我一如既往地恪守诺言。”

“一如既往？”

“是的，如果我想要恪守诺言的话，就一定会的。当然啦，有些诺言我说出口的时候就没想要恪守。但那些也算不上是诺言，是不是？”

“那么，也许我能有幸应您允诺，有朝一日同我一起乘坐热气球飞行一次？”

这时，莎拉不说话了。是他太过心急了吗？但是，如果不开门见山，把你的所想所感讲出来，那坦率又有何用呢？

“可是，弗雷德上尉，这样的话，要平衡热气球不就有点儿困难了吗？”

这倒是个颇为实际的问题：他的体重至少是莎拉的两倍。他们不得不把大部分的镇重物放在她那边，但是，他如果要到篮子的另一边去扔掉镇重物的话……他在脑海中想象着这一场景，就好像这是真的一样。过了一会儿，他才开始纳闷她是否有话外之音。但那时，隐喻常常令他如堕云雾。

不，他已不只是大半坠入了爱河。

“钩子、绳子还有铅锤。”他对着宾馆房间内试衣镜中穿着制服的自己说道。镜子暗淡的金色边框与他马厩夹克上亮闪闪的蕾丝边饰相比，显然相形见绌。“钩子、绳子还有铅锤，弗雷德上尉。”

他以前常常幻想这一刻，想看看这一次与之前那些自己只有半坠入爱河时的情景相比较有何不同——用一双眼睛、一个微笑、一件连衣裙反射的微光去比较。那时的他总能在脑海中勾勒出接下来几天会发生的事情——有时候事情还真的与他料想的如出一辙。但这一刻，想象与现实双双停滞，唯有梦想与期望业已成真。现在，尽管从某种意义上说，他所渴望的事情以一种比他所梦想的更迅速、更令人眼花缭乱的方式实现了，可这却又唤起了他更大的期盼。他与她只共度了短暂的时光，这又激发了他期盼相伴更久、直到永恒的欲望。他与她相伴，从剧院回到福图尼街家中的短程，促使他期盼相伴更远：相伴去她在舞台上演绎过的角色所居住的所有国度——然后再去世界上所有其他的国家。携她之手，走遍天涯海角。曾有人对他谈起过莎拉斯拉夫人的美貌。于是，他想象着与她一同向东出行，看看她是否真和斯拉夫人如此相像，直到她完全融入人像风景之中，到那时，天地间就唯有弗雷德上尉和茫茫的斯拉夫人的存在。他幻想着她娇小轻盈的身姿常伴他左右，骑马的时候，她不会像普通女人一样合上腿单侧坐，而是会穿着长裤跨坐在马上。他仿佛看见他俩共骑一匹马，她坐前头，他在后头，双手持缰，用胳膊将她环在怀里。

他仿佛看见他们结为夫妻，将东西全拢在一起，编织共同的人生。他一直想象他们在动啊动。他——他们——在翱翔。

弗雷德·伯纳比虽然放荡不羁，老于世故，却不像那些每晚来后台恭维的人那样矫揉造作，不像他们连鼓掌也要找个更有教养的姿势。但他很聪明，游历四方，见多识广。所以一两个星期之后，他就已经明白别人会怎样看待他的处境了，他把那些话大声说给自己听。

“她是个女人。法国女人。一个女演员。她是真诚的吗？”

他知道他的朋友和同僚们会说些什么。知道他在讲述时他们会报以怎样傻呵呵的假笑。而他们的脑子里充斥着俗套、名声和无稽谣言。他们自己兴致勃勃地追求切尔克斯女郎和美丽的吉尔吉斯寡妇一阵子，心想着自己终会回到家中，与家道殷实的英国女人结婚，而那些英国女人的社会实践仅限于家里的菜园子。夜深之时，他们一边喝着白兰地和苏打水，一边匆匆地陷入怀旧之中，想念起从前不一样的笑容、深色的面庞和耳畔响起的一知半解的轻声低语。可是，怀完旧之后，他们又会恪尽本分地回归琐碎的家庭生活中，醉意蒙眬地说服自己，他们已把生活安排得妥妥帖帖。

弗雷德·伯纳比可不会这样，莎拉女士更不会如此。她从未跟他调情卖俏，或者说，她的卖俏不带任何欺骗，也不是一种谋略，而是一种承诺。她的眼神和她的微笑是一项倡议，一项他业已接受的倡议。事实上，格拉德太太后来曾提到莎拉女士非常喜欢的一对耳环，那是他买来送给她的，对此她深表感激却并不惊讶：这又是她坦率直白的表现。他会这样回应那些嘲笑他的同僚们：难道你们就没有给那些脸蛋红扑扑的纯洁英国未婚妻们买过礼物吗？她们难道不是假装惊叹着收下礼物来欺骗你们吗？然而，莎拉女士总是——尽管这“总是”仅维持了几周——对他率直有加。

她的家人并不猜忌多疑，因而他不必迎合讨好。她身边有格拉德太太：她身兼前锋、后卫和参谋。他表彰并激赏忠诚。她和弗雷德上尉心有灵犀一点通；而有些事情需要他慷慨解囊时，她就严肃镇静地拿过他给的钱。除此之外，就只有莎拉女士的儿子了。他是个友好的少年，看来可以好好地教他体育和狩猎。欧洲人仍需要这些方面的教育。西班牙人会因为射杀一只孵蛋的松鸡而沾沾自喜。在波城[1]时，他曾被邀请去参加当地的狩猎活动。那里的人用袋子装着狐狸并在它们身上撒上茴香，以便那些嗅觉迟钝的猎狗们追踪。他的马如此矮小，以至于马驮着他时他的脚后跟一直摩擦着地面。整个活动仅仅持续了二十分钟就宣告结束。

要离开英格兰使他兴高采烈。在那儿，他结下了深厚的友谊，但他的灵魂却被炽热笼罩，沾满尘埃。即使自他的祖先长腿爱德华起，他们的体内就流淌着纯正的英国血液，但他知道这血统并未时时显露。他知道人们私下里怎么想，因为喝醉时他们几乎当着他的面讲出了口。伯纳比还是个年轻的陆军中尉时，食堂里就流传着一则笑话，说他长得像意大利男中音歌手。“伯纳比，给我们唱首歌吧。”哥儿们就会起哄。因此，他每次都会站起来献唱一曲，唱的既不是轻歌剧，也不是粗俗小调，而是英国小郡的轻快

1 法国西南部城市，著名的避寒胜地。

平常的歌曲，直至他们感到厌倦为止。

而且，当时有个高傲的年轻中尉，名叫戴尔，他老是说伯纳比可能是个犹太人。当然，他没有多说什么，只是泛泛地暗示："钱？我们问问伯纳比吧。"一点儿也不隐晦。这样几次之后，他就把戴尔中尉晾在一边不予理会，说话时就当他们不是穿着军装的军人。就这么不了了之了。但伯纳比记忆犹新。

所以，莎拉夫人生为犹太人这一点对他来说并不是什么大事。她生为犹太人，却皈依了天主教。伯纳比坚信在对待犹太人这件事上，他比他见过的大部分法国人都更为宽厚。所以，在某种程度上，他对自己抱有这样的偏好，而戴尔如果有意的话，不妨把他们俩都视为假犹太人。这反而使他觉得自己和莎拉女士更加亲近了。

于是，随着一周又一周的逝去，他对他们的未来有了更为清晰准确的设想。他将辞去军职，离开英国，而她也将告别巴黎。当然，她会继续惊艳世界，但她的天赋才华绝不能一天天、一夜夜地被浪费挥霍。她将到处巡演，这儿演一季，那儿演一季；在两季之间的闲暇时光，他俩就去那些鲜为人知的地方旅行。他们两人都放荡不羁，从中一种新的模式将应运而生。爱，正在改变他，爱，也必将改变她。至于如何改变，他并不知晓。

既然心中已经想明白了，他就该把这事提出来。当然，不是现在，也不是在晚饭后上床前。这事该放到早上来议。主意已定，他便专心致志地对付起盘中的鸭肉卷。

“弗雷德上尉。”她开口道。他想，自己最大的幸福，莫过于在余生中能听到她用她那带法国口音的曼妙嗓音称呼他。“弗雷德上尉，在您的想象中，航天的未来会如何呢？人类飞行，人类，男人和女人，一道飞上高空？”

他回答了他听到的问题。

“空中航行，仅仅是一个飞行物轻盈度和作用力的问题。”他答道，“人们——包括我本人——做出种种尝试，试图推进和驾驶热气球，但都以失败告终，而且很有可能会继续失败。但毫无疑问，凌空飞行是未来，是发展趋势。”

“我明白了。我还没有坐过气球飞行，觉得好遗憾。”

他清了清嗓子。

“亲爱的，我能问问为什么吗？”

“当然可以，弗雷德上尉。气球飞行代表自由，不是吗？”

“没错。”

“大自然一时兴起，就会把气球吹得东倒西歪。这也很危险。”

“确实如此。”

“不过，如果我们设计一架重于空气的飞行器，它就可配备某种引擎，安装驾驶操纵装置，以控制它的升降。这样就不那么危险了。”

“绝对没错。”

“你不明白我在说什么吗？”

伯纳比陷入沉思。难道是因为她是个女人？因为她是个法国人？还是因为她是个演员，所以自己才搞不明白？

“莎拉夫人，恐怕我还是一头雾水。”

她再次展颜一笑，但那不是一位女演员的笑容——除非，他突然意识到，女演员通常在施展演技时，可以随心所欲地绽放一个非演员的笑容。

“我并不是说宁要战争不要和平。我没那么说。但是，冒险胜于安逸。”

这下他觉得自己也许明白点儿她的意思了，但他不喜欢这种腔调。

“我和你一样崇尚冒险，决不会放弃这一信念。我会永远赴汤蹈火，冲锋陷阵。我将永远听从祖国的召唤。”

“听到你这么说，我很欣慰。”

“可是……”

“可是什么？”

“莎拉夫人，无论我们这些热气球发烧友多么不情愿，未来还是重于空气的飞行器的天下。”

“我们不是刚刚已经讨论过且已达成共识了吗？”

“是的，但那不是我的本意。”

他稍顿一下，她等待着。他知道她已知道他接下来要说什么了。他又开口道：

“我们俩都是放荡不羁的人。都是旅人，自由自在，不受束缚。我们都不安分守己，循规蹈矩。”

他又顿了顿，她等待着。

“噢，看在上帝的分上，莎拉夫人。你知道我要说什么。我也不想再拐弯抹角了。对你一见倾心的男人里，我知道我不是第一个，恐怕也不会是最后一个。可是，我从来没有像现在这样爱你爱得如此痴狂。我们性情相投，这我是知道的。”

他凝视着她。她回望着他，他知道她的眼神无比宁静。但这到底意味着她是赞同他的说法呢，还是对他的所言无动于衷？他继续往下说。

“我们都是成年人了。我们都见过世面。我不是初出茅庐的士兵。你也不是天真无知的少女。嫁给我。嫁给我吧。我的心，还有我的剑，一并臣服于你的脚下。我不能说得更直白了。”

他等着她回答。他感觉到她目光闪烁。她把手放在他的臂膀上。

“我亲爱的弗雷德上尉，”她答道——但是她说话的口吻让他觉得自己更像是一个学童，而不是一位皇家骑兵团军官，“我从来都没有把您当作一个初出茅庐的士兵。我很尊敬您。您看得起我，我三生有幸。”

“可是……？”

“可是。是的。那是生活强加给我们的一个词儿，更多时候我们并不想那么说，并没有那样想象。可是——既然您这么率直，我也坦诚地回敬您。唉——我不是为幸福而生的。”

“经历了过去这几周这几个月，你可不能这么说……”

“噢，我可以这么说。而且我就这么说。我天生是个享乐派，为行乐而生，为当下而生。我永远在寻求新的心动，新的情感，直至生命耗尽。我就是这样一个人。我的心渴望刺激，渴望兴奋，任何人——任何一个人——都无法给予。”

他的目光从她身上移开。这是一个男人所无法承受的。

“你必须明白。”她接着说，“我决不会结婚。我向你保证。正如你所说，我永远是一位气球发烧友。我决不会和任何人乘坐重于空气的飞行器。我能干什么？你千万别生我的气。你一定要把我视为一个不圆满的人。”

他振作精神，做了最后的努力。“莎拉夫人，我们大家谁都不圆满。我和你一样也不圆满。这就是我们要寻找另一半的原因所在。为了完整圆满。况且，和你一样，我也从没想过要结婚。倒不是因为结婚是件世俗惯常的事，而是因为我之前没有这样的勇气。如果你问我对婚姻的看法，我觉得它比一群手持长矛的异教徒更加危险。莎拉夫人，不要害怕。不要让你的恐惧支配你的行动。这是我首任司令官告诉我的。”

“这不是害怕，弗雷德上尉。”她柔声说道，“那是自知之明。别生我的气。”

“我没生气。你有办法让我的怒气缴械投降。如果我看上去怒气冲冲，那是因为我在跟这个造就了你、造就了我们的世界生气，以至于……以至于搞得……”

“弗雷德上尉，天色已晚，我们俩都累了。明天来我的化妆间吧，也许到时你就明白了。”

[这儿我们插入另一个爱情故事。1893 年——即他前往塞纳森林拜访纳达尔及其患失语症的妻子那一年——埃德蒙·德·龚古尔在通读他的剧本《福斯坦》之前，和莎拉·伯恩哈特共进晚餐。当他到达的时候，她依然在外彩排，于是他被引到她接待宾客的工作室。他那美学家的目光犀利地审视着屋内纷乱的装饰布局：中世纪餐柜和镶花橱柜，智利小雕像和原始乐器，还有“俗丽浮华的外国工艺品”——这一切杂乱无章。唯一能够真正体现她个人品位的要数角落里的一批北极熊毛皮，这是伯恩哈特（像当晚一样，她时常一袭白裙）喜欢会见宾客的地方。置身于这一堆艺术破烂之中，龚古尔也还注意到这里上演着一部浓烈的情感小剧。工作室的中央摆着一个笼子，笼子里关着一只小猴和一只巨喙鹦鹉。猴子动作敏捷，发出呼呼之声，在吊架上悠来晃去，不时地折磨鹦鹉，拔下它的羽毛，“百般虐待”它。虽然鹦鹉可以轻而易举地用硕喙把猴子劈成两半，却只是徒劳地发出撕心裂肺的哀叫。龚古尔对这

只可怜的鹦鹉深表同情，说它得被迫忍受这可怕的生活。闻此，旁人向他解释，以前他们曾将这鸟兽分开关过，但那只鹦鹉伤心欲绝，差点儿一命呜呼。后来，只有将它跟施虐者关在一起它才恢复了元气。]

他提前送去了花。他观看她扮演阿德里娜·勒库弗勒，那个上世纪遭情敌毒害的女演员。他去了她的化妆间。她光彩照人。室内还是那些老面孔，他们一如既往地高谈阔论。他在格拉德夫人旁边坐了下来，小心谨慎地向她旁敲侧击，试图找到某一新招数，某一隐秘的支点……就在此时，现场突然稍稍安静了下来，他抬起头，看见她挽着一个身材矮小的法国男人，此人长着一张猴子脸，拄着一根傻里傻气的拐杖。

“晚安，先生们。”

作为回应，人群中发出一阵低语，仿佛串通好似的，没人感到诧异，这一情景恰似他与她独处的第一天夜晚。她越过人群，远远地看了他一眼，点了点头，然后平静地移开了视线。格拉德夫人站起身，向他道了晚安。他眼睁睁地看着莎拉离去。他已经得到了他殷殷等待的答案。水已凝冻结冰，可他却没有一件软木浮力夹克来保护自己。

不，他没有生气。至少化妆间里的那些纨绔子弟有良好的修养，没有把人们的注意力引向刚刚发生的事情，也没有暗示某件类似的事情——不，确切地说，是同一件事情——以前也曾降临在他们身上。他们给他添了些香槟，彬彬有礼地问及《嘉莱士亲王》。他们遵守礼仪，对他尊重有加。至少，在这一点上，他对他们无可挑剔。

但他决不与他们为伍，决不成为她这帮笑容可掬的旧相好中的一员。他觉得那种行为很可恶，实际上很不道德。他拒绝从恋人转化为密友。他对这样的转换丝毫不感兴趣。他也不想与其他失败的追求者合伙给她购买充满异国情调的新礼物——也许，是一头雪豹。是的，他不生气。但是，在悲伤袭来之前，他有时间顾影自怜。他已倾其所有，献出了自己最好的一面，但还远远不够啊。他曾以为自己放荡不羁，但事实证明，在他眼里，她比他还洒脱绝情。看来，他没有明白她对她自己的那番解释。

这一悲伤将持续数年。他周游四方，与人唇枪舌战，以此纾缓自己的悲戚。他从来没有与人谈起这份哀伤。如果有人问起他何以如此阴郁，他就说是猫头鹰那凄怨的叫声让他痛苦不已。打听者就会心知肚明，也就不再追问。

是他太天真了，还是太不自量力？也许，两者兼而有之吧。生活中，你可能是一个放浪形骸的人，一个冒险家，但你同时也在寻求某种模式，某种安排，以助你顺利过关，即使——同时——你又奋起反抗。军纪塑造了你的这一特性。然而，在其他方面，一个人怎么判断模式的真假呢？这一问题一直纠缠着他。此外，还有另一个问题：她靠谱吗？她是天生这样的，还是故作不谙世事？他搜肠刮肚，在记忆中不断寻找蛛丝马迹。她曾经说过，她会永远信守诺言——除非她一开始就无意践言？难道她是虚与委蛇？他无从确定。她说过她爱他吗？是的，当然说过，说过很多次；但是，是他自己的想象——一个在他耳畔自说自话的声音——加上了“永远”这两个字。他没问过她当她说她爱他的时候，她到底是什么意思。情侣之间谁这样问呀？当时的情景下，那些浮夸的甜言蜜语好像根本不需要注释。

此时此刻，他意识到，如果那时候他问了她，她很可能会回答：“只要我爱你我就会爱着你。”有了这句话，情侣之间还能奢求什么？此时，那个自说自话的声音又会在耳畔私语：“这意味着永恒之爱。”男人的虚荣心可见一斑。那么，他们的爱难道只是构建在他的臆想之上？那是他绝对无法也不会相信的。他竭尽所能，爱了她三个月，而她也是一样，只不过她的爱装了一个定时开关。询问她的旧情人也好，打听他们的恋情持续了多久也罢，都是无济于事的。因为前任们的失败，他们之前恋情的无常，似乎只会唤起他对成功的向往：每一个恋爱中的人都是这么笃信的。

不，弗雷德·伯纳比断定，她是诚恳的。是他在自欺欺人。但是，如果诚恳不能庇护他免受痛苦，那倒不如云里雾里，什么都不知道的为好。

此后他再也没有和莎拉夫人联络过。每次她来伦敦时，他就找借口出城。过了一段时间后，他便可以用静谧的目光追踪她最近的成功演出。多半，他已能够理性地回顾他与莎拉的感情历程，把它当作寻常往事来铭记，他们谁都没有过错，谈不上什么残忍，只是误解而已。但他不可能永远都能那么波澜不惊，永远理性地解释这整个事情。有时候，他自认为是世上最愚蠢的动物。他觉得自己就像莎拉家那条吃沙发靠垫的蟒蛇，最终被莎拉夫人亲手击毙。被毙命，这就是他现在的感受。

但是，在他三十七岁那一年，他终于要结婚了。新娘是一位爱尔兰男爵的千金，名叫伊丽莎白·霍金斯-惠特谢德。然而，这和他所追寻或期盼的婚姻模式相距甚远。婚礼后，新娘染上肺痨，他们的北非蜜月之旅被迫转移到了瑞士的一家疗养院。十一个月之后，伊丽莎白为弗雷德诞下一子，但此后她的余生大部分都得在阿尔卑斯高山上度过。于是，弗雷德上尉，现在是弗雷德少校，随后成为弗雷德上校，重新周游四方，与人唇枪舌战。

当然，也重新燃起了他对气球飞行的热情。1882 年，他从多佛煤气厂出发，飞赴法国。他孤身一人，俯视下方的英吉利海峡时，不可避免地想到了莎拉夫人。此刻他如愿以偿，在空中飞翔，但他却不是奔她而去，而当年风情万种的她说要坐热气球飞行。尽管他从来没有向任何人提起过他们之间的关系，但还是有人怀疑他们私通，偶尔——在普拉特家打完牌，吃了培根和鸡蛋，喝了啤酒，用过迟来的晚餐之后——有人会含沙射影。但他从来没有上钩。而此刻，悬浮在空中，他的耳畔只回响着她的声音。我亲爱的弗雷德上尉。哪怕过了这么多年，这一亲昵的称呼依旧刺痛着他的心。他急忙点燃一根雪茄。这是个很傻的举动，但在那一瞬间，他的整个一生仿佛都将爆炸。他的思绪又飘回到福图尼街，回到她澄澈的蓝眸，如火焰荆棘般的秀发；回到她那张硕大的藤床。然后他又苏醒了过来，把吸了一半的雪茄抛入大海。他还扔掉了一些镇重物，向更高处挺进，希望能够乘着北风而上。

当他降落在蒙蒂尼城堡时，他发现那儿的法国人一如既往地热情欢迎他。他们甚至对他调侃英国政体优于法国毫不介意。他们只是让他多吃点儿，劝他在他们这要安全得多的炉边再抽上一根雪茄。

回到英国后，他开始着手写书。他的升空之旅是在3月23日。十三天后，即4月5日，他的《穿越海峡之行和其他空中冒险》一书由桑普森·洛出版。

出版前一天，即1882年4月4日，莎拉·伯恩哈特嫁给了阿里斯蒂德·达玛尔。达玛尔原先是希腊的一名外交官，后转行做演员。他是个臭名昭著的好色之徒，虚荣且傲慢（还有挥霍无度，嗜赌成性，吸毒成瘾）。由于他是希腊东正教的信徒，而莎拉是犹太裔的天主教徒，所以，能让他们尽快完婚的最便捷之地非伦敦莫属：他们在威尔斯街的圣安德鲁斯圣士会教堂喜结连理。莎拉是否能在度蜜月时买一本弗雷德·伯纳比的书来看，人们不得而知。可知的是，这桩婚姻是一场灾难。

三年后，为解救身陷喀土穆的戈登将军，伯纳比秘密加入沃尔斯里公爵统帅的远征军，在阿布·克莱亚战役中被一名马赫迪士兵用短枪刺中脖颈，不幸身亡。

伯纳比夫人随即改嫁；之后她成了一位颇有建树的作家，著作颇丰。第一任丈夫过世十年后，她出版了一部名为《雪景摄影指南》的手册，如今，此书早已告罄。

深 度 之 失

你把以前从未放在一起的两个人放在一起。有时候，这就像你首次将一个氢气球绑到热气球上：你是想要先坠毁后焚烧，还是先焚烧后坠毁？但是，有时候，这是行得通的，而且某些新的东西会应运而生，而世界也为之一变。然后，在某个节点，因为这样或那样的原因，其中一人迟早会被命运夺走。而被夺走的总是大于原先的总和。在数学上这或许解释不通，但在情感上是可能的。

阿布·克莱亚战役之后，“目及之处，尸横遍野”。战死的阿拉伯人“死无葬身之地”，但他们无不被一一查验。每位死者的手臂上都缠了一条皮质手环，手环上有一篇马赫迪撰写的祷文。他信誓旦旦地对士兵说，祷文可将英国人的子弹化为乌有。爱赋予我们一种相似的情感：信念和所向披靡。有时候，或许往往，那是行之有效的。我们在枪林弹雨中躲闪，就像莎拉宣称她可站在两滴雨点之间不被淋湿。然而，总有暗箭突然射向脖颈。因为，每一个爱的故事，都是一曲潜在的悲伤恋歌。

在人生早期，世人被粗略地分为两大类：有过性生活者和尚无性生活者。后来，划分为尝过爱的滋味者和未尝过爱的滋味者。再后来——至少，如果我们够幸运（或者，不妨说，很倒霉）——划分为已忍受悲痛者和尚未忍受悲痛者。这些划分是绝对的，就像棋盘上的楚河汉界。

我们共同生活了三十年。我们相遇时，我三十二岁；她去世时，我六十二岁。这三十年，她是我的生之所在，心之所向。她讨厌衰老。年方二十，她就认为自己活不过四十。我却满心憧憬执子之手，与子偕老。看时光变慢，我们一起追忆往事。我能想象自己无微不至照顾她，我甚至能够——但其实没有——想象自己像纳达尔那样，学着温柔护士的模样，轻抚她鬓角的白霜（她憎恶这种依赖，于我而言却无关紧要）。恰恰相反，从夏至秋，从确诊到她离世，在这短短三十七天中，伴随我的是焦虑、惊慌、担忧与恐惧。我尽力不回避，始终直面这一切。结果呢，我既癫狂又清醒。多少个夜晚，当我离开医院，我发现自己在幽怨地凝视着公交车上归家的上班族。他们怎么可以如此懒懒散散、无知无觉地坐在那儿，一个个摆出一副无动于衷的神情，而这世界即将改变了呀？！

死亡，一件既平庸又独特的事情，我们都不擅长应对。我们已不再能够赋予它更多的内涵。正如E. M.福斯特所言，“一场死亡也许可以说明自身，但并不能阐释另一个人的死亡”。因此，哀痛转而变得难以想象：不仅是它的时长和深度，还有它的色调和纹理，它的幻象和谵妄，它的屡屡发威。还有它起初的震荡：你突然跌落冰冷的北海，浑身却只有一件滑稽的软木浮力夹克助你求生。

而你一旦被卷入这一新现实，就根本无法未雨绸缪。我就认识一个人，她心想——或希冀——她可以做到。她的丈夫罹患癌症已久，几近奄奄一息；她很务实，提前就要了一份书单，收集了有关亲人亡故的所有经典文章。但是，当那一刻真正来临时，一切准备都功亏一篑。“那一刻”：你感觉已熬过了漫漫数月，但经查验证明，原来不过才寥寥几天。

很多年，不经意间，我会忆起一位女作家在比她年长的丈夫去世后写下的文字。在经历悲痛的过程中，她承认，灵魂深处有个声音在隐隐地向她透露真相：“我自由了。”当轮到我时，我清楚记得这一点，我害怕那提词者的低声细语听起来像是一种辜负。但是，此音，此语，都没有听到。一份悲伤并不能启迪另一份悲伤。

悲痛，犹如死亡，既平庸又独特。这一比喻也是挺平庸的。当你换了车子的牌子时，你突然注意到马路上还有很多同样牌子的车辆。它们之前被视若无物，此刻，它们受到了关注。当你失去伴侣时，你突然注意到世间所有的孀妇和鳏夫都在向你奔袭而来。以前，他们或多或少是隐而不见的，而现在，其他驾车者和非丧偶者依然对他们视而不见。

如所预料，我们悲痛哀戚。那好像也是很显然的，可是，在我们这一时代，没有任何东西显得或者感觉是一目了然的。一位朋友去世了，撇下妻子和一双儿女。他们会有何反应呢？妻子着手重新装饰房子；儿子走进父亲的书房，直到读完父亲生前留下的每条信息、每份文件和每一物证才走了出来；女儿制作了几盏纸灯笼，她要让它们漂浮在将要撒下父亲骨灰的湖泊上。

另一个朋友在国外的机场，因为行李传送带引发的事故，突然失去了生命。事情发生时，他的妻子走开去取小推车。回来发现一群人挤在一起，围着什么东西。她以为大概一件行李突然打开了。然而事实是，“打开的行李”正是她的丈夫，已经没了呼吸。一两年后，我的妻子去世时，曾写信给我：“人生来就斤斤计较，一个人对你有多重要，就能对你造成多大的伤害。因此，我认为，在一定程度上痛苦值得细细品味。”她的话给了我极大的安慰，很长时间里，我一直将她的信件留在书桌上。说实话，我并不相信有朝一日我会享受伤痛，但那时，我还在苦难的入口处。

我早已明白只有陈词滥调才能表达古已有之的情感——死亡，伤痛，悲怆，伤心，心碎。即便在当今，它们也是无法推脱逃避，或是有药可医的。悲痛是人的一种天性，而不是一种医疗状态。也许有良药可以帮助我们忘记伤痛，忘记一切，但是，任何药物都无法治愈伤痛。悲痛中的人并不是伤心欲绝的，他们伤心得恰如其分，一分不多，一分不少，只是根据那件事物在心中的重要程度选择了同样程度的伤心。“走了”是我特别不愿意使用的一个委婉性动词。“听到你妻子走了，我很忧伤。”尽管“死”这个词可能已经被你说滥，但你实在不必将它强加于人。不过，“死”有另一种折中的说辞。在我和她通常会一同出席的一场社交活动中，一位熟人走上前来，对我说：“她没来，我很想念她。”我觉得，这儿，missing 这个词就用得很恰当，它既表示缺席，又表示想念。

伤痛形形色色，并不能互相解释，但有可能互相重叠。因此，在伤痛的人群中间会形成“伤痛气场”。你的内心世界，只有你自己清楚——尽管你也知道不同的事物。你的身子穿过一面镜子，就像在某部科克多电影中一样，发现自己身处一个被逻辑和模式包围的异次元。举个小例子。我妻子去世的三年前，我的挚友，诗人克里斯托弗·里德失去了伴侣。他写了很多诗歌，都是关于妻子离世以及这带给他的创伤。在其中一首诗里，他描述了生者拒绝已逝者的情形：

可是我也遭遇了宗族的清规戒律，
　　而且举止粗鲁，
在餐桌闲谈中唤起我死去的妻子。
　　一阵沉默之音，一阵心照不宣的恐惧和
　　惊愕，飘然而至。

初读这几行诗，我不禁感慨诗人结交的朋友多么奇怪。我也在想：诗人大概一点儿都不认为自己表现粗鲁，对吧？后来，我的妻子去世了，我才一下子明白过来。我过早下了断言（或者，准确地说，我混乱的脑袋为我下了这个断言）。我决定在任何“我想要”或“我需要”的时刻毫不避讳地提起我的妻子。聊起有关她的往事不过是一件很正常的事情，尽管“正常”这个词本身听起来就很别扭。我很快明白，伤痛如何将悲痛的人区分开，如何重组他们，明白朋友是怎么经受考验的，为什么有些人及格了，有些人却没有。因为经历过同样的伤痛，老朋友之间的情谊可能会加深，也可能刹那间显得无足轻重。淡化伤痛，这一点年轻人做得比中年人好，女人做得比男人好。这一事实，既是意料之外，也是情理之中。毕竟，我们通常认为性别相同、年龄相仿、婚姻状况接近的人更能理解对方。多么幼稚啊。我记得，曾与三个年龄相近的已婚朋友在一家餐馆“共进晚餐，边吃边聊”。他们与我的妻子相识多年——也许加起来恐怕有八九十年。而且，如果别人问到我的妻子，他们个个都会说他们很爱她。在饭桌上，我提到了她的名字，却没有一个人接过我的话。后来，我再一次提及她的名字，同样徒劳无功。第三次，我甚至故意刺激他们。我很生气，也很惊讶，他们这根本不是礼貌，而是怯懦，他们甚至不敢提她的名字，连续三次漠视她的名字，他们这样做太让我失望了。

关于生气，有些人迁怒于逝者，固执地认为他们的离去是抛弃，是背叛，是不可饶恕的罪恶。还有什么比这样的迁怒更加盲目呢？试问有多少人愿意死去？即使是自杀也有难以名状的苦衷。有些人迁怒于上帝，但如果上帝不存在，这依然是盲目的。有些人迁怒于宇宙，因为宇宙让死亡成为不可避免、不可逆转的自然规律。我对此感受并不真切，但在 2008 年的秋天，阅读报纸、观看电视时，我内心满是漠然。新闻报道像是放大版、夸张版的公交乘客，漠不关心、毫无顾忌地传播带有唯我论和蒙昧思想的争议言论。出于某个原因，我对奥巴马的当选非常关注，但对世间的其他事不闻不问。有人说，也许整个金融体系即将崩溃，但这关我何事？既然金钱不能挽回她的生命，那么，金钱于我还有什么意义？也有人说，全球气候快到了不可挽回的临界点，可对我来说，管它是达到临界点还是超过临界点，我都无所谓。我开车从医院回家的路上，在铁路桥前分岔路口停下。那一刻，一句话钻入我的脑海，我高声重复道："这只是宇宙在发威罢了。"这浩瀚、巨大的宇宙也不过如此而已嘛。但这句话并不能给我丝毫慰藉。或许，它仅仅是抵抗其他虚假安慰的一种途径。然而，假若宇宙在发威，那么，它也可以对自己逞强，唉，见鬼去吧。如果这世界不能、不愿拯救她的性命，那我为什么还要去关心拯救世界呢？

我朋友的丈夫在五十多岁时突患中风溘然辞世。她告诉我，她的愤怒不在于他，而在于“他不知道他即将死去”。他不知道自己即将死去，也就没有时间做好准备工作，没有时间向妻儿告别。这亦是一种迁怒宇宙的行为。直到生命终结，我们才暂时抛却对生命的漠然。这种漠然真是让人生气。

亲朋好友也会有类似的愤怒。因为他们没有机会说该说的话，做该做的事；因为他们不愿这么匆忙，也不想显得无动于衷。伤痛的人很难认清自己需要或想要什么，他们只知道自己不需要或不想要什么，因此经常得罪别人，或被别人得罪。有些朋友，对悲痛的害怕不亚于对死亡的害怕，他们像躲传染病那样躲着你。有些朋友，不自觉地希望你能把他们那份哀悼一起做了。还有些朋友，想法非常实际。我的妻子下葬一星期后，电话那一头响起一个声音："那么，你下一步打算干什么？准备去徒步旅行吗？"听罢，我朝话筒怒吼了一阵，随即挂断电话。不会！她身体好的时候，徒步旅行是我们俩一起做的事情。

然而，蹊跷的是，事后看来，那个不礼貌的问题绝不是痴人说梦。多年来，我偶尔会臆测不幸发生后我会有什么举动。我从不明确"不幸"会是什么，而且，我所提供的可能情况很有限。我早就决定，我要先做一件琐碎的小事，再做一件严肃的大事。第一件事就是我最终将屈服于鲁珀特·默多克，订购一整套的体育频道。第二件事就是独自一人徒步穿越法国。如果法国不能成行，那也要穿越法国的一个角落——我尤其想沿着米迪运河，从地中海走到大西洋。我的帆布背包里将放着一本记事本，里面记载着我如何应对不幸。但是，当不幸真正降临时，我却没有了拿出靴子背起背包的欲望。"徒步旅行"不会成为走出悲痛的代名词。

不断有人提出新的转移注意力的方法。某些人觉得爱人的死去是离婚的一种极端形式。有人建议我养狗，我挖苦他，说宠物狗再怎么看也不是我妻子的替代品。有寡妇告诫我尽量不要留意成双成对的夫妇。可笑的是，我的朋友现在都是琴瑟合鸣。也有人建议我在巴黎租一套公寓，住上个半年，或者在瓜德罗普岛的沙滩边租个小屋。我远行时，她和她的丈夫将会为我打点房屋。其实，真正的获益人是他们，因为这样弗雷迪就有花园可以玩耍。在此补充一句，弗雷迪是他们家的宠物狗。这个建议是以邮件的形式告知我的，收到邮件的那一天正是我妻子生命的最后一天。

当然，无论是沉默的大多数，还是建议的提供者，他们都会感受到悲痛，也许还会感到愤怒，这愤怒还可能是针对我们，针对我的。他们真正想说的，也许是："你的悲痛实在让人尴尬。我们等着悲痛过去。顺便说一句，没有了她，你少了很多魅力。"（这倒是真的：没有了她，我自己都感觉我了无趣味。只剩下我们两个人时，我与她交谈，聊得还算有趣，值得一听。我自言自语时，却没有了倾听的价值。"噢，走开！别再来烦我！"我厉声指责，自己对自己的指责。）所以，他们认为我无趣，我是承认的。一个美国朋友直言不讳地告诉我："我一直以为会是她为你送终。"我很是理解：好像我不太可能后于她走。或许，他的话还有言外之意——比起我，他倒希望她更长寿。这两种理解的任何一种，我都不能与他大吵特吵。

你无从得知，在别人眼中，你是怎样的人。你的自我感觉与你的实际情况也许相同，也许不同。那么，你的自我感觉是什么呢？试想你从几百英尺的高度坠落时一直保持清醒，着陆时，你的双脚落在了玫瑰丛中，接着整个身体跪倒在地。这样巨大的冲击使得体内的器官穿孔破裂，从体内崩裂而出。这是我们的感觉，为什么它看起来却截然不同？难怪有些人意欲转向一个更“安全”的话题。他们并不是逃避死亡，也不是逃避死去的她，而是在逃避活着的你。

我不相信我在有生之年还会见到她。不再相见，不再倾诉，不再抚摸，不再相拥，不再倾听，不再欢笑。也不再等待她的脚步声，在敞开的门后微笑着，将她拥入怀抱。我也不相信待我死后还会与她相遇。我坚信死了就是死了。有人说悲痛是另一种形式的暴力，前提是自怜是无可非议的。有人说，悲痛仅仅是一个人对死亡的思考。还有人说，他们为生者忧伤，因为他们才是要经历彻骨悲痛的当事人，而逝者却无需承受这份伤痛。这些方法试图将悲痛最小化，从而走出悲痛。面对死亡，方法还是这样。我承认，有些悲痛是自作自受——瞧，我已失去挚爱，瞧，我的生命已何等消逝——但从一开头，这悲痛更多的是洒向了她：既然她已失去了生命，就该寻根问底，看看她失去的到底是什么。她的肉体，她的灵魂，她对生命的强烈好奇。常常，我会有这样的错觉，仿佛生命本身才是最大输家，它才真切感受到丧亲之痛，因为它不再拥有她对生命本身的强烈好奇。

别人对事实、对真相、对逝者名字的逃避害怕，往往会激怒正处于悲痛之中的人。可是，悲痛之人他们自己又会说出几多真相呢？他们自己不就常常共谋逃避吗？因为，他们跌入的真相漩涡，不仅淹没了他们的膝盖，还蒙蔽了他们的心灵和头脑。这些真相有时无法辨识，有时即使能够辨识，也是说不清道不明的。记得有一个朋友在做完胆结石的切除手术后，说那是他这辈子经历过的最痛苦的事情。他是一名记者，惯于描情状物。我问他能否描述这份痛苦。他盯着我，回忆涌上心头，眼泪也浸湿眼眶，而他，一直沉默着。他词穷了，找不到描述这种痛苦的最佳词汇。而我们的谈话也陷入了沉默。正当我悲痛欲绝时，一位熟人在众人面前问我：“呃，你好吗？”我连连摇头，暗示他这不是适宜的场合（当时正在吃午餐，闹哄哄的）。他不依不饶，好像在一味地提炼问题："不，你一个人过得怎样？"我手一挥，示意他滚开。再说啦，那会儿我真觉得自己一个人过得不好，完全不在状态。我大可以说一句，譬如，"有点时好时坏吧"，让这个难缠的问题过去。那才是一个循规蹈矩的英国式答案。只不过呢，悲痛之人难得感知到它的循规蹈矩，甚而英式风范。

你自问，在这纷乱的思念中，你对她有多思念？对携手走过的岁月有多思念？对她使我之为我的品质有多思念？对单纯的陪伴有多思念？或是对不那么简单的爱情有多思念？你自问，幸福记忆里面的幸福是什么？既然幸福是由某些共享的东西构成，那么这到底是怎么起作用的呢？独自幸福——这听上去措辞矛盾，就像是天方夜谭。

自杀这一问题早就出现，而且也颇合逻辑。第一次起自杀念头时，我脑海中浮现出一条人行道。好多天里，我反复经过那条人行道。我会给自己一些时间，也许是几个月，也许是几年（最多两年）。然后，即使没有她我无法继续活下去，即使我的生命只剩下消极的延续，但到了那时，我就会变得活跃起来。过不了多久，我就会想起我喜欢的方法：一池热水，配一杯美酒，再加一把锋利无比的日本武士刀。我频繁地想起这个方法，过去是，现在依然是。人们说（围绕悲伤和经受悲伤，有数不尽的“人们说”），思考自杀有助于降低自杀的风险。正确与否，我无从得知。对某些人而言，对自杀的思考定会帮助不断细化自己的自杀计划。所以，粗略说来，思考自杀有利也有弊。

我的一位朋友，他的伴侣在和他相守八年后因为罹患艾滋病而去世，他教了我两件事：“如何熬过漫漫长夜是唯一需要思考的问题”和“你可以随意做自己喜欢做的事，那是她去世的唯一好处”。第一件事，于我而言，实在不是难事。你只需要服适量合适的药。不，问题其实是如何度过白昼。至于做自己喜欢做的事，对我来说，就是和她一起做事。即使我喜欢独自一人做事，部分乐趣也在于完成之后我能与她分享。再说，我现在还想干什么呢？我不想徒步前往米迪运河。此刻，恰恰相反，我极度渴望的是：待在家里，待在她营造的空间里。在我的想象中，她依然生活在这空间中。我疯狂地观看体育比赛，只要我力所能及我都买了票。我发现，我的需求非常有针对性。在她去世的最初几个月，我喜欢看我毫不关心的球赛。我会享受——尽管“享受”一词蕴含丰富的感情，并不适用于描述我无精打采的观看——足球比赛，比如米德尔斯堡与斯洛伐克布拉迪斯拉发斯洛万这两支球队参加的低水平欧洲联赛（我错过上半场，盼着下半场会出现白热化的胶着局面）。这些比赛大多只能让这两队的国人激动不已。我想看的仅仅是一些无需情感投入的球赛，因为现在的我只能无动于衷；我没有多余的情感可以挥洒。

我对她的哀悼，简单而绝对。这是我的幸运，也是我的不幸。刚开始，有些念头会顿时涌入脑海：“无论动与静，我都在思念她。”日复一日，我不断重复这句话，以此证明我是何许人，我身处何方。驱车回家时，我会大声呐喊：“我要回家了，就一个人回家，回到一个人的家。”失意降临、物品破碎或随意搁置时，我就安慰自己：“比起失去她，这一切根本不算什么。”我几乎没有想过这种悲痛中生出的唯我论有何层次与不同，直到一位女性朋友跟我说她嫉妒我的悲痛。“这究竟是为什么？”“因为，如果 X（她的丈夫）去世了，我的情况会更加复杂。”她没有细说，实际上，她也没有必要细说。与她一番对话后，我有了新的想法：也许，在一定程度上，我在从容地面对妻子的离去。

第一次与她分别的时间超过两天，是我去乡下采风写作。我发觉，除去所有意料之中的思念，我在道德上也存有深深的相思之情。这让我颇感惊讶，但其实并没什么好惊讶的。爱也许不会将我们引向心中的彼岸，但是，无论结果如何，爱应该是肃穆与真相的召唤。如果爱不能做到这一点——如果它没有这样一种道德效应——那么，爱不过是一种矫揉造作的欢愉。然而，悲痛——爱的对立面——在道德空间却无立足之地。为了求生，我们被迫采取守势，蜷居一隅，而我们因此变得更加自私自利。那里绝不是"一览众山小"，仅仅是"一叶障目"。在那里，你甚至听不到自己的呼吸。

以前，看到报纸的讣告，我会百无聊赖地计算我与死者的年龄差：想着多了X岁（或者是少了X岁）。现在，看到讣告，我会转而研究死者的婚龄。我会嫉妒婚龄比我长的。我很少想到：在多出来的每一年，他们的婚姻生活也许夹杂着腻烦或束缚。而我对那种婚姻毫无兴致；我只想赏赐给他们幸福的岁月。再后来，我开始计算别人守寡的时间。譬如，尤金·波利，生于1915年，卒于2012年，电视遥控器的发明者。在他讣告的最后，是这样说的："波利之妻卒于1976年，他们携手走过三十四个春秋。"天哪！虽然他婚龄比我长，但他竟寡居了三十六年。三十六年的苦中作乐？

一个只见过两次的人，于几个月前写信告诉我，他的妻子"死于癌症之手"。这样的表述令我不快。它类似于"我的狗狗死于吉卜赛人之手"，"他的妻子死于商务旅行者之手"。他还在信中安慰我，说人是能够熬过悲痛的。而且，经过悲痛磨砺的人更"强大"，在某种程度上"更好"。在我看来，这话太过荒谬，太过自我吹嘘（而且也太过草率）。失去了她的陪伴，我怎么可能变得更好？随后我转而一想，他也不过是在重复尼采的话罢了——没能置我们于死地的，就会令我们更强大。说实在的，一直以来我觉得这一隽语特别似是而非。虽然有很多东西无法置我们于死地，却可以永远削弱我们。不妨去问问那些长期与受害者打交道的人。去问问那些强奸或家暴的心理创伤咨询员。也去看看周围纯粹因日常生活而情感受伤的人，你就会在恍惚间明白点什么。

悲痛会重置时间，包括它的长度、它的质地、它的功能。今天和明天一样，既然这样，为什么时间被抽离出来，单独命名呢？悲痛也重置空间。你进入了一片新区域，有新地图和新绘图系统。你仿佛在一幅17世纪的地图上寻找自己的方位，在地图上，你只是找到广袤的遗失之漠，（无风的）冷漠之湖，（干涸的）孤寂之河，泥泞的自怜之泽，以及（深埋地下的）记忆之穴。

在这块新发现的大陆上，并没有等级制度，只有情感的浓淡，悲痛的深浅。谁从巍巍的高空坠落？谁的内脏崩裂而出，撒落大地？只不过它看上去很少像这样直截了当——直截了当的悲伤。悲哀也有一种怪诞之气。你感觉自己的存在不再理性，不再无可非议。你感觉很荒唐，就像个被颅骨包围的时装模特儿，即纳达尔在地下墓穴拍摄的那种。或者就像那条喜欢吞食沙发垫而被击毙的蟒蛇。

我盯着我的钥匙串（曾经是她的），上面只挂着两把钥匙，一把打开房屋前门，另一把打开公墓的后门。这就是我的生活，我想。她生前，我常常为她干燥的后背擦涂护肤霜；而现在，我给她墓碑旁渐渐干枯的橡树皮擦涂润滑油。我发现，这样的一致性多少有些诡异。但是，终归有些东西是一去不复返的了，例如一种模式化的感觉。人生之初，弗雷德·伯纳比从二十英尺高的体操器材上跳下来，摔断了腿。人到暮年，莎拉·伯恩哈特在扮演托斯卡时，从圣天使城堡的城垛上纵身一跃，却发现舞台工作人员忘了为她铺设垫子；她摔断了腿。“巨人”号坠毁时，纳达尔摔断了腿。我的妻子也在前门的台阶处摔断了腿。也许，你想，这恐怕就是因因相袭的模式吧。然而，在此之前，它好像只是一个奇怪的、小小的巧合，只是一个高度问题，在人生中，大家都会摔跤跌倒。也许，悲痛远远不止破坏一切模式，它甚至破坏人们的信念，即，模式是存在的。但是，没了这一信念，我想，我们就无法生存。因此，我们每个人必须装模作样地寻找或重建模式。作家们深信他们的文字所构造的一个个模式，他们希冀并相信这些模式可以拓展思想、渲染故事、累积真理。这是他们永恒的救赎，对不悲伤的人来说是这样，对悲痛之中的人亦然。

先是尼采，后是纳达尔。上帝已死，不再在上苍看护我们，因而我们必须看护自己。而纳达尔给了我们距离，给了我们高度，赋予了我们这个能力。他给了我们上帝的距离，上帝的视角。在视野的尽头（目前的尽头），是地球升起的地方，以及从月球轨道拍摄的一帧帧照片。照片中，我们的星球看上去或多或少与别的任何星球一样（天文学家不作如是观）：沉寂，旋转，美丽，死气沉沉，无关紧要。上帝俯视我们，看到的大概就是这幅图景。这也解释了为什么上帝离开了。当然，我不信仰缺席的上帝，但这样的故事倒是构成了一个美妙的模式。

我们杀害——或放逐——上帝的一瞬间，我们也葬送了自己的生命。当时，我们对此有充分的认识吗？没有上帝，没有来世，甚至没有我们。我们杀死这个长时间只是存在于想象之中的朋友，我们做得当然没错。反正我们也不奢望拥有来世。但我们锯断了长久以来端坐的树枝。从树枝上看出去的风景，从那高空俯瞰的景象——即使那只是海市蜃楼——也是蛮不错的。

失之东隅，收之桑榆。我们失去了上帝般的高度，得到了纳达尔的视野；可是我们也失去了深度。曾几何时，我们习惯说是“鬼门关走一遭”。如今，这一暗喻已经没有了深意，我们只能实实在在地往下走：探穴，钻矿，如此等等。不是“阴间鬼门关”，而是“地下”。我们中的一些人会钻入地底，虽然不算很远，仅仅是地下六英尺。但是，当你站在那儿把鲜花撒向棺盖的时候，深度标杆就已失去，灵柩上的黄铜名牌在你身后明灭可见。在这个时候，你才感觉到：原来，你已在远离地面六英尺的地底。

有些人，仿佛不想这样纵深入地，而是希望攀高升空，在死后选择用小火箭将骨灰撒向天际：尽量向天堂靠近。莎拉·伯恩哈特和她的同伴们兴致勃勃地解开镇重物，抛向地面上一张张抬头仰望的诧异的脸——地面上有英国游客，正在举办一场法式婚礼。也许，一枚火箭直冲云霄，有人在抬头的瞬间脸上已经蒙上一层从火葬场出炉不久的骨灰。在未来，富豪名流毫无疑问会将自己的骨灰满天抛撒，甚至送入月球轨道。

这里有个是悲痛还是哀悼的问题。你可以尝试区分它们：悲痛是一种状态，而哀悼是一个过程。但不可避免地，它们会有所重叠。状态会削弱吗？过程会发展吗？要怎么区分？也许，将它们视为隐喻会简单一些。悲痛是垂直的——容易引起眩晕——而哀悼则是水平的。悲痛使你的胃翻江倒海，夺走你的呼吸，切断输向大脑的血液。但哀悼是一阵风，会将你吹向另一个方向。然而，既然此刻你被笼罩在云雾之中，那你就不可能确定你是身陷绝境，还是貌似可以运动。你没有携带一件可以派上用场的小发明：一个连在五十码真丝线上的纸质小降落伞。你只知道你几乎无力影响周遭的事物。你是第一次乘坐热气球，独自置身热气球的下面，身上绑着几公斤重的镇重物，你被告知，握在手中这个以前从未见过的玩意儿叫阀门。

起初，出于惯性、爱以及对模式的需求，你继续重复做着你和她一起做过的事情。很快，你意识到自己陷入了一个怪圈：你独独一人重复着之前两个人共同做过的事情，但没有了她你就思念她；或者，你开始做新的事情，之前你从没跟她一起做过的事情，而你却以不同的方式思念她。你强烈感受到已失却了两人共同的词汇，失却了比喻、逗弄、伤人话、圈内笑话、傻话、娇嗔和恋人絮语——所有这些晦涩的所指深植于记忆中，但一旦向局外人解释就毫无价值。

天下所有夫妻，即使是最放纵不羁的，都会在共同的人生中建立起模式，而这些模式是有年轮的。于是，第一年就像你业已习惯的岁月的一幅底片像。这一年，不同于事件迭出的往年，你无所事事，百无聊赖：圣诞节，你自己的生日，她的生日，相识纪念日，结婚纪念日。而这一切与新的纪念日相交重叠：恐惧降临的日子，她摔倒的日子，她住院的日子，她出院的日子，她去世的日子，她出殡的日子。

熬过第一年，你以为第二年不会比第一年更糟糕，也以为自己已为来年做好了准备。你以为你已经与所有的苦痛相遇，在这之后，生活只剩下这些苦痛的重复上演。可是，凭什么苦痛的重复就意味着苦痛的减少呢？起初的一次次苦痛的反复，促使你思忖未来年岁中所有的重复。悲痛是一幅爱的底片像。倘若爱会在岁月的流逝中积累沉淀，为什么悲痛就不可以呢？

准备再多，依然会有漏网之鱼，依然会有你不曾戒防的伤痛。就像与七岁的曾侄女围坐在餐桌旁，她在玩“多余人”游戏以博众人一哂。某某男女因为拥有蓝眼睛 / 棕夹克 / 金鱼等东西而被淘汰出局。因此，只有孩子们才有如下逻辑：“朱利安之所以淘汰出局，是因为只有他一人丧妻鳏居。”

明白这个逻辑，花费了我一些时日，但是，我清晰记得那一时刻——确切地说，是那突如其来的念头——正因如此，我就不大可能自杀。我意识到，若是她还活着，她也是活在我的记忆中。当然，在别人的脑海里，她依然是一副生龙活虎的模样。但我才是她的“首席思念官”。如果非要说出她在何处，我只能说她就在我的心中，已内化于我。这是很正常的。而同样顺理成章——且无可辩驳——的是，我是不可能自杀的，因为我自杀了也就置她于死地了。这样，她就会死两次，随着鲜血染红一池浴水，她在我脑海中的鲜活记忆会渐渐褪色。就这样，最终（或者，至少说，暂时）做出了决断。同时，我也思考与此相关的更为宽泛的问题：我该如何活着呢？我必须像她所期望我的那样活下去。

过了几个月，我鼓足勇气，开始出入公众场合，去看戏观歌剧听音乐会。可我发现我对剧场门厅有了恐惧之心。恐惧的倒不是门厅的空间，而是门厅里聚集的人群：激动难抑、满心憧憬地期盼着享受美妙时光的“正常人”。我无法忍受嘈杂的噪声和宁静如常的神情：一辆又一辆满载乘客的巴士对我妻子的离世无动于衷。我得劳驾朋友们在戏院门外等候我，他们像领孩子那样将我引到座席上。一进戏院，我就感到安全了；灯光暗下，我感到更安全了。

家人带我去看的第一部戏剧是《俄狄浦斯》，第一部歌剧是斯特劳斯的《厄勒克特拉》。但当我坐在剧院里观看这些残酷无比的悲剧时（剧中，众神对人类的冒犯施以重罚），我觉得自己并没有被带向由恐怖和怜悯主宰的远古文化。恰恰相反，我感觉《俄狄浦斯》和《厄勒克特拉》正向我，向我的国家，向我居住的那片新领地奔袭而来。而且，出乎我意料的是，我竟渐渐爱上了歌剧。此前，我多半以为歌剧是最难懂的艺术形式之一。尽管我很勤恳地浏览剧情简介，但其实我并不明白情节的发展。那些身着小礼服的野炊者仿佛是歌剧的主人，我对他们深怀偏见。不过，最令人不堪的是，我无法让思绪驰骋跳跃。剧中人物同时对着彼此的脸嘶吼，歌剧简直就是荒腔走板的戏剧。原先那一问题——即理解问题——由于有了屏幕提示而得以解决。但此刻，礼堂一片漆黑，在沉沉的悲痛中，歌剧的难以理解性顿时冰消雪融。此刻，人们好像自然而然地伫立在舞台上对唱，因为歌唱是一种比语言更加原始的沟通方式——更高昂，也更深邃。在朱塞比·威尔第的《唐卡洛》中，主人公在枫丹白露森林中一遇见他那法国公主，就双膝跪地，唱道："我叫卡洛，我爱你。"是的，我思忖道，没错，那才是生活的模样——理应如此，咱们得抓住要害。诚然，歌剧是有情节的——我已在憧憬所有这些未知的有待我发掘的故事——但是，歌剧的主要功能乃是尽速塑造角色，使他们能用歌声来抒发最深切的情愫。歌剧切入正题——恰如死亡所为。就这样，在面对英国米德尔斯堡队与斯洛伐克布拉迪斯拉发斯洛万队对决时的得意漠然，与对某种艺术的渴求融合共存，在这一艺术中，汹涌澎湃、排山倒海、歇斯底里和毁灭性的情感才被奉为圭臬；比任何其他艺术形式更为显然的是，这一艺术旨在让你撕心裂肺。以上，就是我的新社会现实主义观。

我曾到伦敦的一家剧院，目的只有一个——观看从纽约远道而来的格鲁克剧目《奥菲欧与尤丽狄茜》[1]的直播。观看之前，我已经做足了功课，手握唱本，聆听歌剧。但我心里想：这点功课不一定能帮助我理解剧情。一个男人的妻子不幸去世，他的哀恸感动了众神，他们允许他去阴

1 下文简称《奥菲欧》。

间寻找她，把她带回人间。但有一个前提条件：带她回到人间之前，不许直视她的脸，否则，他就将永远失去她。但是，他带她逃离阴间时，她恳请他回头看她，看看久违的她。于是，她命赴黄泉。于是，他再次号啕哀恸，甚至拔剑自杀。于是，爱神被他对妻子的这番深爱打动，就将尤丽狄茜死而复生。哦，别胡扯了，真的！倒不是众神的现身或行动不可信——那些我无疑是相信的。事实上，他这样有理智的人深知后果，是绝对不会扭头看尤丽狄茜的。而更出格的是，奥菲欧的角色，本应是个阉人歌手或男高音，但现在却成了女扮男角，在这一歌剧中由一位体态肥胖的女低音扮演。然而，我大大低估了《奥菲欧》，这部歌剧纯然是针对悲痛之人的。而就在那家剧院，奇迹般的艺术戏码再次上演。奥菲欧当然会转身去看苦苦央求的尤丽狄茜——他怎么可能不这样呢？诚然，“有理智的人”不会这样做，但满腔爱意、悲戚与希望的奥菲欧已全然失去了理智。由于回头一瞥，你失去了整个世界？是的，你当然失去了。此乃世界之真谛：在合宜的机缘中慨然失去。身后回荡着尤丽狄茜的恳求之声，有谁能坚守当初的誓言？

当奥菲欧下地狱的时候，众神一定给他强加了诸多条款，而他非答应这些条款不可。死神常常会让我们变成一个讨价还价的人。多少次啊，我们在书里、在电影里、在日常生活的故事里看到或听闻某人信誓旦旦地承诺上帝——或者任何天上的神灵——愿意如此这般地行事，只要上帝肯饶恕他或/和他所爱的人？当这一切降临在我身上的时候——在那充满恐惧的三十七天中——我从未想要讨价还价，因为，在我的世界里，从未有过任何人可让我讨价还价。我愿意为她的生命献出我所有的书吗？我愿意为她牺牲我自己的生命吗？说“我愿意”太容易了：上述这些都是修辞性的、假设性的和夸张性的疑问。“为什么？”孩子会问，“为什么呀？”毅然决然的家长会果断地回答：“原因嘛，无可奉告。”所以，当我驶向铁路桥的时候，我一个劲儿地重复着：“这只是宇宙在发威罢了。”我这样说，只是不希望被无谓的希望和无聊的消遣引入歧途。

我认识寥寥几位基督徒，我告诉其中一位，她已身患重病。他回答说他愿意为她祈祷。我并没反对，但令人惊愕的是，我很快就不无愤懑地发现自己对他说，他所信奉的上帝好像并非十分顶用。他答道：“你有没有想过，如果没有上帝，或许她现在遭受的痛苦更甚？”唉，这就是你们最大的能耐了。

那座我刚从其下穿过的桥梁，此刻并不只代表一座桥而已。它是为欧洲之星列车能够驶入位于伦敦圣潘克拉斯的新终点站而建的。在滑铁卢转车会更方便。我时常想象我们能够一起去旅行，去巴黎、布鲁塞尔或者其他什么地方。但不知为何，我们从未这样做过，而且再也去不成了。现在，这座无辜的桥，代表了我们失去的未来，代表了生活中所有我们再也无法分享的点点滴滴，同样也代表了我们以前的未竟之事——代表未兑现的承诺，代表漠不关心与刻薄，代表残缺的时光。我开始憎恨和害怕这座桥，尽管我从未改变我的路线。

差不多一年以后，我又一次看了《奥菲欧》。这次是现场版，并且披着现代的外衣。这部作品，与众不同地从尤丽狄茜的死亡开始。在一个鸡尾酒晚会上，大家尽情享乐，我们推断她会以一袭红色长裙成为众人瞩目的焦点。突然，她瘫倒在地。客人们围上前去，奥菲欧跪在她身边，但她慢慢下落，穿过舞台的地板门无奈地落了下去。他紧紧地抓着她，试图把她拽回来，但她还是滑走了，从他的指间，从她的长裙里滑走了，最终，舞台上剩下了他，手中只紧握着一条空空的布料。

身着现代外衣，这部歌剧魔力依旧。然而，披着现代装束的我们，却再也不可能是奥菲欧或者尤丽狄茜了。我们已经丧失旧隐喻，必须寻找新隐喻。我们无法像奥菲欧那样下去。因此，我们必须以不同的方式下去，以不同的方式将她拉回来。我们还可以在梦境中下去。我们可以在记忆中下去。

最初的时候，我不可能相信（但那些可能性去哪儿了呢？）梦境比记忆更加可靠，更加安全。在梦里，她的一颦一笑都更像她自己。我一向知道，这就是她——她冷静而有趣，快乐而性感，因而，我也这样。这一梦境，很快便演变成了一种常规模式。我们在一起，她显然身体康健，因此我想——或者确切地说，由于这是一场梦，我知道——要么她是被误诊了，要么奇迹般地康复了，要么（最起码）不知何故死亡被推延了几年，我们可以继续一起生活。这一幻想持续了一段时间。可是，我随后想——或者确切地说，由于这是一个梦，我知道——我一定是在做梦，因为，事实上，她已经死了。我醒了过来，感到非常快乐，因为我曾怀有这一幻想，但同时又嗒然若丧：真相终结了幻想。于是，此后我再也不想重入这一梦境。

某几个夜晚，熄灯之后，我提醒她最近她都没有出现在我的梦里，于是她就常常向我奔来，以此回应我（确切地说，“她”出现在梦里，以此“回应”我——我每时每刻无不认为这只是我的一厢情愿而已）。有时候，在梦里我们亲吻；这样的场景总有一种轻松笑意。她从不指摘或责怪我，也不会让我觉到愧疚或失职（不过，由于我把这些梦视为一厢情愿，所以我也必须将它们视为谋求私利，甚至自鸣得意）。或许，之所以有这些梦，是因为在现实生活中已有够多的惆怅和自责。然而，它们永远是慰藉的源泉。

因为，每当我试图从回忆中探寻的时候，我总是以失败告终。很长一段时间里，我都无法回忆她死亡前那一年的场景。我能忆起的只是一月到十月：三个星期待在智利和阿根廷，在智利的南美杉树林里度过了我的第六十二个生日，与我做伴的是树林里那些欢呼雀跃的阿根廷啄木鸟。

然后回归正常生活，之后是在西西里岛徒步度假，以及一些我们最后的共同回忆：巨大的茴香和满山遍野的野花，安托内罗的一幅画作和一头制成标本的豪猪，世界维斯帕周末一个满是高尔夫球名流的渔村。但此后，在我们归来的路上，恐惧加剧，崩溃突如其来。我记得她渐渐衰弱的每一个细节，她在医院里的时光，回到家、死去、安葬的时时刻刻。但是，我的回忆无法退回到一个月以前；我的记忆似乎已灰飞烟灭。她的一位丧偶的同事安慰我，说这很正常，说我的记忆定会回来，可是，我的生命里鲜有可让我确信的事，没有任何固定的模式可循，因此，我心存疑虑。当这一切发生的时候，我很想知道这一切究竟为什么会发生？这让我觉得她再一次从我身边悄然溜走：我先是在当下失去她，然后又在过往里失去她。记忆——脑海里的影像档案馆——瞬间崩塌。

这就是沉默者更加得罪人的地方。他们不明白（他们怎么可能明白呢？）他们在你的人生中拥有新的作用。你需要你的朋友不仅只做朋友，而且还得做你的确证者。如今，你人生经历的主要见证者已哑然失声，回溯往事就会不可避免地疑神疑鬼。所以你需要他们告诉你——无论他们讲得多么粗略，多么不经意——他们看到了你们两个曾经的模样和为人。不仅仅是内心的认知，而且是外界的观察：见证，确认，铭记，精准得此刻连你自己都无法做到。

尽管如此，我还是清楚地记得最后的事。她读的最后一本书。我们一起去看的最后一场戏（电影、演唱会、歌剧、艺术展等）。她喝下的最后一杯红酒。她买的最后一件衣服。最后一个周末。我们最后睡过的不是我们自己的床。最后一个这个，最后一个那个。我写下的最后一篇让她大笑的文章。她描述自己的最后的文字。她最后一次签自己的名字。她回家时我最后一次为她弹奏的曲子。她说的最后一句完整的话。她说的最后一个字。

1960 年，我们的一位美国朋友，当时还是一个住在伦敦的年轻作家，在“旅行者俱乐部”吃完午饭后发现自己跟艾维·康普顿-伯内特坐在一辆回家的出租车上。起初，康普顿-伯内特用一种正常交谈的语气对我们的朋友说话，她谈起这个俱乐部、他们的主人、食物等。然后，她突然脑袋一转，而语气绝对没有任何改变，开始对她长达三十年的伴侣玛格丽特·佐丹说起话来。可是，玛格丽特并没有和她们一起坐在出租车里，事实上，她早在1951年就去世了，但这没什么两样。那是她真正想要与之交谈的人，她在回南肯辛顿的路上一直对她侃侃而谈。

我觉得这很正常。当孩子们有臆想中的朋友时，我们并不惊讶。但当成年人也有臆想的朋友时，我们干吗就吃惊呢？除非这些朋友也是真实存在的。

伯纳德过去常常将他的模特/情人/妻子玛莎画成浴中裸女。她不再年轻的时候，他也把她画为一个窈窕裸女。他在她死后仍旧这样画。大约十或十五年前，一位艺术评论家在论及伯纳德的一场伦敦画展时称这是一种“病态”。即使在当时，我也持相反的观点，觉得那是再正常不过的了。

艾维·康普顿-伯内特“气汹汹地”怀念玛格丽特·佐丹。她曾给一位朋友写道：“但愿你曾遇见过她，这样你就可以更多地知晓我。”她在被封为英帝国女爵士后写道：“我最想念的玛格丽特·佐丹已经去世十六年了，但我仍然有很多话想要对她说……我不完全是一位爵士，而她并不知道这件事。”此言诚哉，完全体现了怆恨伤怀者的迷惘失落。你得不断地汇报事情，这样你所爱的人才会“知晓”一切。也许你知道自己在自欺欺人（不过，如果知道的话，你就谈不上是自欺欺人了），但你还是一如既往地如此作为。你做的每一件事，或者此后可能取得的每一项成就，会愈发薄弱，愈发无足轻重。没有回应；没有质感，没有共鸣，没有深邃。

我曾编纂过词典，我重描述而轻规范。英语一直处在变化之中，历史上从未有过词意相配的黄金时代。语言犹如一堵堵干砌之墙，巍巍矗立：词语诞生、生存、衰老、消亡——那不过是语言世界的自然法则。然而，作为一名作家，作为一位常常持有偏见的讲英语的公民，我可以与其中的佼佼者一起怒吼和悲叹：譬如，有时，人们认为“大量杀害 (decimate)”意为“屠杀 (massacre)”，或者弱化“冷漠 (disinterested)”这个词的常用分离意义。如今，正如有人会说“与世长辞（to pass)”和“癌症夺去了某人的妻子 (losing one's wife to cancer)”，我对人们滥用“溺爱妻子的（uxorious)”这一形容词怒不可遏。如果我们不加警惕，此词冷不丁就会形容“一个有众多妻子的男人”，甚或是（十分可疑的短语）“一位花花公子”。它并不是这个意思。它形容的是——并且永远如此，无论未来的字典是否允许——一个钟爱妻子的男人。一个像奥蒂隆·雷东那样的人，整整三十年爱慕并描画他的妻子卡米尔。1869 年，他写道：

> 你可以从一个男人的伴侣或者妻子的身上看出他的本质。每个女人都深刻揭示了一个爱她的男人，反之亦然：他也揭示了她的性格。对于一个观察者来说，很难不去发现他们之间细枝末节的联系。我认为，最圆满的幸福永远源于最充分的和谐。

他并不是以一个自鸣得意的丈夫的身份写的，而是作为一名孤独的观察者，在他遇到卡米尔的九年前写下的。他们在 1880 年结婚。十八年后，他回顾往事，说道：

> 我坚信在婚礼上我郑重说出的“是”是我一生中最完整、最坚定的表述。比我其他任何话都要来得坚定。

福特·马多克斯·福特说过：“你结婚是为了让对话继续。”

那为什么要让死亡打断对话呢？批评家 H. L. 门肯跟他妻子萨拉的婚姻持续了四年零九个月的时间。然后他的妻子去世了。过了五年的鳏夫生活后，他感悟道：

> 毫不夸张地说，我仍每天都想念萨拉，几乎每一天的每一个小时都想念她。每当我看到一样她会很喜欢的东西，我就会情不自禁地说我会买下它，然后送给她，并且，我一直在想着把一切都告诉她。

这一切是那些从未怆恨伤怀的人往往难以理解的：事实上，一个人死了可能只意味着他不再活着，但并不表示他已不复存在。

于是我不断地跟她说话。我觉得这既必要又顺理成章。我跟她讲我正在做的事情（或者我一天中的所作所为）；我一边开车一边向她指出一路的景致；我说出她的种种回应。我让我们的喁喁私语保持活力。我取笑她，她转而取笑我；我们背诵台词。她的声音让我平静并给我勇气。我越过桌面，看着一帧小小的照片，照片中的她一副稍稍揶揄的神情，我回答她的揶揄，不管她揶揄什么。简短的讨论后，平庸的家庭事务也顿时灼灼生辉：她认定浴室地垫实在丢人现眼，该一扔了之。外人也许会觉得这是个古怪或“病态”，抑或自欺欺人的习惯；然而，顾名思义，所谓外人乃是未曾尝过悲恸滋味之人也。我自然而然地很容易将她外化，因为迄今我已将她内化了。这是悲恸的悖论：如果说这四年没有她我也好好地活了下来，那恰恰是因为她陪伴了我四年。她还那么活跃，证明了我先前的悲观论断毫无道理。毕竟，从某种意义上说，悲恸可能只是一重道义空间。

尽管我和她交谈时她总是有问必答，但我的口技是有限的。我还记得——抑或可以想象——对以前发生的或目前被不断重复的事情她会说些什么。但我说不出她对新近的事情的反应。在她走后的第五个年头的开初之时，我们密友的儿子自杀了，小时候他是个温柔、聪明的男孩，后来成为一个文雅而忧心忡忡的男人。虽然深陷在悲痛中，我发现自己困惑不已，数日来无法完全回应这突如其来的死讯。后来我才明白个中缘由：那是因为我无法向她讲述，无法听到她的回复，无法重现和比对我们共同的记忆。失去了她，我也就失去了各种伴侣，在所有其他种种伴侣中，现在又添上了一员：一位可以同悲共戚的人。

某位朋友给了我一本安东尼奥·塔布齐的《佩雷拉的证词》，这部小说以1938年的里斯本为故事背景，主要关涉死亡和回忆。故事主人公是一位溺爱妻子的记者，他的妻子几年前死于肺痨。如今身体超重且病怏怏的佩雷拉，住进一家由卡道索医生开的海水浴诊所。卡道索医生是故事中简慢而世俗的“智者”，他劝告他的病人必须放下过去，学会活在当下。“如果你继续这样下去，”卡道索说，“到头来你就得对着你妻子的照片说话。”佩雷拉回答说他总是这样，现在依然如此：“我对它讲述发生在我身上的一切事情，而照片仿佛一一作答。”卡道索不以为然：“这些只是由超我做主的幻想罢了。”那位超级笃定的医生坚持认为，佩雷拉的问题在于他“还没有排遣悲哀”。

排遣悲哀。听上去是一个多么清晰、坚实的概念，它是一个自信满满、由两部分构成的名称。然而，它流动、油滑、变形。有时候，它很被动，等待时光和痛苦付之东流；有时候，又颇为主动，刻意关注死亡、失去和爱人；

有时候，则势必心不在焉（乏味的足球赛，浩荡的歌剧）。而且之前你从未干过这类活儿。它是无偿之劳，但并非出于自愿；它很严格，但绝没监督者；它技术娴熟，但没有学徒期。而且，很难判断你是否在进步，或者是什么可助你进步。青春主题曲（由“至高无上”乐队演唱）：“你不能爱得太急”。老年主题曲（经改编可适合任何乐器演奏）：“你不能匆忙悲伤”。

因为，在一次次的重复过程中，它总是在寻找新的方式来刺痛你，这样就尤觉如是。多年来，我们有个名叫让·皮埃尔的刚果邮递员，我常常跟他聊天。她去世的前一两年，他被调到一条新的投递路线。在第三年的某个时候，我再次遇到了他。我们寒暄过后，他问：“夫人可好？”“夫人去世了。”我发现自己如此说道；我向他解释，我回应他的惊愕，而同时边说边想：现在我又得诉之于法语了。这是一种全新的痛苦啊。我被生生地侧撞了一下，这样的时刻还在继续。接近第四年末，某天晚上十一点多的时候，我搭计程车回家。在这样的时候我总是怀念她——没有友善的询问，没有默默的睡意，我手中空无一物。在我快到家的时候，司机开始闲聊。一切都是那么怡然，那么平淡，直到传来那句由衷的问话："您妻子，一定睡着了吧？"一阵噎人的静默之后，我给出了唯一可以找到的回答："希望如此。"

当然，并不是人人赞赏溺爱妻子。有人认为那是怯懦，也有人视其为占有欲使然。而对古人们而言，俄耳甫斯[1]与我们想象中的榜样大相径庭。他们觉得，如果他那么怀念他妻子，那就应当依据常法马上自杀，去阴间陪她。柏拉图斥其为一名懦弱诗人，不敢为爱而死：诸神让女祭司把他撕成碎片，理所当然。

你需要搞清楚你身在何处，需要明白脚下大地的情形。但是，从气球上勘察是绝对不可能做到的。得由其他人助力——而且希冀你——替你找到你的位置。"哦，"他们会说，"你看上去好些了。"甚至，"好得多了"。无可避免地，用的是患病的语言；而诊断是简单的——向来都一样。但预后呢？你并没有像平常那样得病。充其量你不过是患了某种体虚症而已，而有些人拒绝承认它确然存在。

1 希腊神话中的诗人和歌手，善弹竖琴，弹奏时猛兽俯首，顽石点头。

“只要甩掉悲伤，”这些持怀疑态度的人暗示，“我们就都可以从头再来，假装没有死亡这件事，或至少死亡还远着呢，大可心安理得。”有一次，我的一位记者朋友被她的栏目编辑发现在书桌旁哭泣。她解释道——她知道她父亲已经去世六周了。这位编辑说：“我以为你现在该已度过悲伤了呢。”

你期待何时可以“度过悲伤”？悲痛者自己是无从得知的，这是因为，现在，时间不像过去那样可以度量了。四年后，有人对我说：“你看上去开心点了”——比“好些了”更胜一筹。更有胆大者说：“你再找了一个？”仿佛那显然是唯一的出路。对有些局外人来说，确实是的；但对其他人来说并不尽然。某些好心人想要帮你“解决”；而其他人仍然认定那对夫妇，即使他们已不再存在，而对那些人而言，“再找一个”是唐突无礼的。“那感觉就像是你爸再婚一样。”我的一位年轻朋友说。可是，我妻子的一位美国老朋友在她去世几星期后跟我说，按数据统计，婚姻幸福的人往往比那些不幸福的人更快地另觅新欢：通常不出六个月。她这样说是有意为之，颇含鼓励之意，但这一事实——如果是事实的话（或许它只适用于美国，在这个国家，情绪乐观是基本义务）——让我震惊不已。那显得既完全符合逻辑又完全不合逻辑。

四年后，同样是这位朋友，说："她已成为过去的一部分，我痛恨这一事实。"如果对我来说这不是真的，那么，语法，就像其他东西一样，已然开始变了：她其实并不存在于现在时，也不完全存在于过去时，而是存在于某一居中时态，即过去—现在时。或许，这就是为何我喜欢听到哪怕一丁点儿关于她的新消息：一段过去未曾报道的记忆，一条她多年前给的忠告，一段日常动画中她的闪回。如果她频频出现在别人的梦境里，我会替她感到高兴——她的行为举止，她的衣着打扮，她的饮食习惯，现在的她与从前的她是何等接近；还有，我是否就在她身旁。这些稍纵即逝的时刻令我兴奋，因为它们匆匆地将她重新固定在现在时态，将她从过去—现在时态中拯救出来，稍稍推延那一不可避免的遁入过去的历史中。

约翰逊博士洞察悲怨这一"折磨自身的不堪其恼的欲望"；同时他告诫人们应远离孤独与逃遁。"如果想让自己的生活不带情感偏向，凡事都无动于衷，这是缺乏理性、徒劳无用的。如果驱走快乐果真可以将悲痛拒之门外，那么这一策略倒值得认真考虑。”但事实并非如此。甚至极端的方法也不会奏效，譬如将当事人“生拉硬拽到欢乐的场景中”；或者恰恰相反，“让其熟悉那些更可怖、更折磨人的痛苦，以此抚慰自己的心灵，使其归于平静”。对于约翰逊来说，只有劳作与时间能减缓这种铭心之痛。“悲怨是灵魂所生的铁锈，每个潜入心灵的新想法都是一条除锈之途。”

沉溺于悲伤的人们都自谋其职。我想知道，那些自谋其职者是否真的就比那些白领或蓝领做得好。或许这是有数据支撑的吧。但我觉得悲伤是无法用数据衡量的。“我们所有的仪器都表明，”奥登在哀悼叶芝时写道，“他死的那天阴暗又凄冷。”关于那天的情况，仪表只能告诉我们这么多。但是之后呢？除此之外呢？指针在钟面上静止不动，温度计无法测温，气压计爆裂。生命的探测仪失灵了，而你再也无法知道海底到底有多深。

我们跌进梦里，我们深入记忆中。然而，是的，过往的记忆的确又重现了，但同时我们却又感到恐惧了，我不确定那回归的是不是相同的记忆。怎么可能呢？因为当时在自己身边、能证实记忆真实性的那个人不在了。我们做的事情、去的地方、遇见的人、当时的感受。我们当初又是怎样在一起的。一切的一切。“我们”已被稀释成了“我”。记忆这副双筒望远镜已变成了单筒望远镜。即便通过三角测量，用空中侦察，同一事件的两种不确定的记忆再也不可能重叠合一。于是，那一记忆已然改变，如今成了单数第一人称。与其说是某件事情的记忆，不如说是对那件事情的相片的记忆。而如今——失却了高度、精确度和焦点——我们不再像从前那样相信照片了。那一帧帧熟悉的幸福时光的旧快照看上去也不再像是最初的样子，不太像是生活本身的照片，而更像是照片的照片了。

或者，换言之，你对人生的记忆——你从前的人生——就像是弗雷德·伯纳比、科威尔上尉和鲁西先生在泰晤士河口附近目睹的平凡奇迹一般。他们位于云端之上，太阳之下，伯纳比放胆脱下外套，只穿一件短袖衫，得意洋洋地坐着。他们三个中的一个看到此情此景，又叫其他两个过来看。此刻，太阳正在将他们航天器的形象投射到下面羊毛般的云堆上：气囊、吊篮以及这三位乘客轮廓清晰的侧影。伯纳比将之比作一帧“巨幅照片”。而我们的人生大抵也是如此：如此清晰，如此笃定，直到出于这样那样的原因——气球飞走，云层驱散，太阳改变角度——那一景象永远消失，只存在于记忆中，变成趣闻轶事。

在威尼斯，有个人我记忆犹新，仿佛我曾给他拍过照；抑或，恰是因为没给他拍过照而更加记忆深刻。事情发生在数年前的一个晚秋或是初冬。我和她在这个城市游客不常踏足的地方漫步闲逛，她在我前面走着。我正准备穿过一座普普通通的小桥，突然看到一位男士向我走来。他六十岁光景，穿着非常得体。我记得他身着笔挺的黑色外套，脚蹬黑色鞋子，戴一条黑色围巾，或许还留着一撮小胡子，或许还戴一顶黑色帽子——一顶黑色小礼帽。他可能是威尼斯的一位律师。他对那些游客看都没看一眼。但我看了看他，因为就在他走到桥的最低处时，他拿出一方白色手帕，擦了擦眼睛：这动作并不懒散，也没什么实用之处——我确定他并没有感冒——而是慢慢悠悠、气定神闲、毫不拘泥。当时，还有此后，我发现自己想极力勾画出他的故事；有时，我还想把他的故事写出来呢。但现在，我已不再需要这样做了，因为我已把他的故事吸纳到我的故事中。他完全合乎我的模式。

这关涉孤独的问题。可是，这还不是像你想象的那样（假如你曾试图想象过）。孤独主要有两种：一种是尚未找到你爱的人，一种是你爱的人已离你而去。第一种情况更为糟糕。没有什么堪比青春之时孤独的灵魂。我记得 1964 年第一次去巴黎，那时我十八岁。我每天都履行自己的文化职责——参观画廊、博物馆和教堂。我甚至在喜剧歌剧院买过一张最便宜的票（至今还记得那上面酷热难当、视线糟糕、歌剧晦涩难懂）。我在地铁里觉得孤寂，在街上觉得孤寂，独自坐在公园长椅上读萨特的小说时也觉得孤寂，而那部小说兴许讲的就是存在的孤寂。甚至置身于友人中时，我也觉得寂寞。现在，当我忆起在巴黎度过的那几个星期，我意识到自己从未向上攀升——埃菲尔铁塔看上去是个古里古怪的建筑，一个古里古怪地广受欢迎的建筑——而是往下行走。我往下行走，恰似一百年前纳达尔带着他的相机所做的那样。我也参观了巴黎的下水道，从阿尔玛桥附近的地方进入那儿，乘坐导游船观光；我也从丹费尔–罗什洛广场下到巴黎地下墓穴，我手中的蜡烛照亮了一列列股骨和一个个头骨。

有一个德语单词叫 Sehnsucht，它在英语中没有对应的词，意思是“对某样东西的渴望”。它具有浪漫主义的神秘内涵。C. S. 路易斯将它定义为人类内心对未知事物“无法纾解的渴望”。似乎德国人才能真正解释清楚它的模糊含义。对于某种东西的渴望——或者，就我们而言，对某个人的渴念。Sehnsucht 描述的是第一种孤寂。而第二种孤寂则源于相反的情况：某个特定人物的离别。不如没有她陪伴那样孤独。但恰恰是这一特异性，才促使有人在热水浴中割腕自杀或用日本武士刀剖腹而亡以获得慰藉。虽然我现在坚定地抗拒自杀的想法，但这种诱惑仍然存在：如果我不能容忍没有她的生活，我就挥刀砍向自己了结生命。但是至少现在，我比较清楚地听到睿智的声音在我耳畔回响。“医治孤独之道在于隐居。”玛丽安·摩尔如是忠告。而彼得·格兰姆斯（尽管他并不是在所有方面都是榜样）这样唱道：“我独自生活。已逐渐习以为常。”这样的歌词中有一种平衡，有一种令人抚慰的和谐。

“它有多珍贵，失去时就会感到多痛苦，所以在某种意义上，我认为人们享受这种痛苦。”这句话的后半部分我原来完全不赞同：那让我觉得这个人是受虐狂。但现在我明白了，那是有道理的。如果这份痛苦没有被好好品尝，那么它就不再显得徒然无益。痛苦表明你并没有忘记；痛苦提升记忆的滋味；痛苦是爱的佐证。“如果它不足齿数，那就无关宏旨。”

然而，悲痛隐藏着诸多陷阱与危险，而时间并不能销蚀它们。自怨自艾、明哲保身、愤世嫉俗、自我超然：这一切皆为虚夸的表现。看哪，我承受多大的痛苦，而别人是多么不理解啊：这难道不正是我曾一往情深的明证吗？也许是，也许不是。我目睹葬礼上有人“强作悲伤”，没有什么景象比这更虚假的了。悲伤也可以成为一场竞赛：瞧，我是多么爱她 / 他呀，我盈盈的泪水就是佐证（并能借此赢得奖品）。即便不说，你也会情不自禁地觉得：我从高处摔了下来——看看我那破裂的器官吧。悲伤者需要他人的同情，然而，由于他们的尊贵受到了挑战，心烦意乱的他们就低估别人在面对同样的失去时所要承受的痛苦。

差不多在三十年前，在一部小说中，我竭力想象一个六十多岁的男人成为鳏夫后的情形。我写道：

> 她死的时候，你并不吃惊。爱的一部分已经

准备死去。她死了，你就更加确定了对她的爱。你没弄错。这只是全部事情的一部分。

随之而来的是疯狂。接着是孤独：并非是你所预想的那种浩渺的孤寂，也不是丧妻后耐人寻味的悲恸，就只是孤独而已。你期待着某种几近地质般的东西——身处倾斜的大峡谷中的眩晕感——但事实并非如此；你只是感受到一份彻痛，如同工作一般稀松平常……（人们说）你一定会从悲伤中走出来……没错，你确实走了出来。但并不是像火车驶出隧道那样，呼啸着穿过山丘，再次沐浴在阳光里，随后又伴着轰隆声驶入英吉利海峡；你从悲痛中走出来，就像一只海鸥从海面的浮油中逃离；你终生无法摆脱身上的沥青，而那脏了的羽毛也将与你永久相伴。

我在妻子的葬礼上读了这段话，十月的白雪覆盖着大地，我的左手触摸她的棺木，右手捧着一本摊开的书（这本书是献给她的）。我小说中的鳏夫过着另外一种生活——怀着另一种情爱——一种与我截然不同的鳏居生活。但是我太过悲伤，以至于只能断断续续地用几个词表达一句话的意思，同时惊讶于自己选词的精准。只是到了后来，我才开始小说家式的自我怀疑：或许，与其说那是为我小说中的角色虚构一份正当的悲痛，不如说是在预测自己将来会有的感受——而这就简单多了。

三年多来，我一直以同样的方式，按照同样的情节梦见她。然后，我做了一个千秋大梦，它仿佛为我的这一夜间辛劳做了一个了断。但是，正如所有美好结局一样，我并没有看到它实现。在梦里，我们还在一起，在某个开阔的地方一起做事，那样开心——所有的一切都是我曾经习以为常的——突然，她意识到这一切不可能是真的，必定只是一场梦而已，因为那时她知道自己已经死了。

我应该为这个梦感到欣喜吗？对此，最后还得问一个非常折磨人的、无法回答的问题：什么才算是“成功的”哀悼？应该选择铭记还是遗忘？是停在原地还是继续向前？抑或是两者兼而有之？能够将失去的爱牢牢刻在心田，铭记而不扭曲？能够像她所希望你的那样继续生活（尽管这很棘手，因为悲伤者可以轻而易举地给自己颁发一张免费通行证）？但那之后呢？你的心将会如何——它需要什么，又在追寻什么？一种规避中立和淡漠的自给自足？而后是一段新的情感关系，它将从对故人的回忆中吸取力量？这就像是在寻求两大世界的至尊之美——然而，由于你刚刚承受了一个世界的悲凉，你也许会觉得自己就有权拥有它。但是，这份权利——即坚信宇宙（甚至是动物）具有某种奖赏体系——也是一种欺骗，也是一种虚荣。为何偏偏在这儿该有一种普遍的模式呢？

但也总有一些时刻，似乎标志着某种进步。当眼泪——每日长流的泪水——停下之时；当注意力回归，你能像从前一样阅读一本书的时候；当你不再害怕离开门厅出门去；当你可以赠送财产之时（假如当初结局不一样，奥菲欧就会把那条红色长裙捐给慈善机构）。那么除此之外呢？你在期待和盼望什么？等着生活从歌剧变回到写实小说的时候；等着你每天依然驾车经过的那座桥和其他普通的桥别无二致的时候；等着你回首，宣告那场有人及格有人不及格的考试结果无效的时候；等着诱人的自杀念头最终消失的时候——假如这样的念头确然存在；等着兴奋与喜悦回归的时候，尽管你明白这份兴奋是那样脆弱不堪，现今的这份喜悦根本无法与过往的比肩；等着悲伤“仅仅”变成悲伤的回忆——假如它确然如此；等着世界“仅仅”

回复到这个世界，而人生仿佛又一次觉得在平地上实实在在地展开。

也许，这一切听上去像是清晰的标记，就像等待打钩的方格。但成功之中必有几多失败，屡屡失败。有时候，你想要继续品尝这份痛苦的滋味。然后，除此之外，又一个问题赫然出现："成功的"悲痛、哀恸或忧伤究竟是一种成就呢，还只是一种新的特定状况？因为自由意志的概念看来与此并不相关；我觉得，目的与美德的归因——认为悲伤是会得到酬报的——是没有根据的。或许，这一次，不妨以疾病做类比。研究表明，癌症患者的心理态度对临床结果的影响微乎其微。也许我们可以说我们是在同癌症做斗争，但其实是癌症在跟我们较量；我们可能觉得我们已经打败癌症，但其实它只是移位重组了而已。这一切都只不过是宇宙在发威罢了，我们也只不过是被操控的芸芸众生中的一员。因此，或许，悲伤亦然。我们以为我们已战天斗地，坚定果敢，克服悲伤，祛除了心灵之锈，而事实上，只是悲伤去了别处，转移了它的兴趣。一开始就不是我们让乌云聚集，又怎么可能驱散乌云呢？所发生的一切，只不过是从某个地方——或者从乌有之乡——意外地吹来了一阵微风，受此影响，我们又重新动了起来。

但我们要被带往何方呢？去埃塞克斯？去北海？抑或，如果刮的是北风，那么，也许，运气好的话，就会去往法国。

J. B.

2012 年 10 月 20 日于伦敦